추락하는 것은
복근이 없다

김 해 원 소 설 집

율로율로

차례

표류

눈을 떠 보니 망망대해였다. 목을 길게 빼고 사방을 둘러봤지만, 아무것도 보이지 않았다. 햇빛을 받아 요란하게 번쩍이던 63빌딩도, 전철이 지나다니는 한강철교도, 어물어물 기어가는 차가 꽉 차 있는 88도로도 사라졌다. 눈에 들어오는 건 검푸른 물뿐이었다. 양말이 흘러내려 맨살이 드러난 발목으로 튕겨 오르는 물방울은 얼음처럼 차가웠다. 이곳은 그러니까…… 누런 황토물이 넘실거리던 한강이 아니었다. 바다였다. 검푸른 바다는 바람에 일렁일 때마다 하얀 물거품이 일었다. 한강에서 서해로 이어지는 뱃길이 열렸다던 담임 말이 기억났다. 한강에서 바다로 세계로 뻗어 나가는 길만이 우리가 살 길이라고 호소하며 열심히 삽질하던 사람도 떠올랐다. 한강에 커다란 크루즈 배를 띄우고, 한강 곳곳에서 요트를 탈 수 있도록 해서 온 국민이 여가를 즐기게 하겠다더니……. 오리배를 타고 바다로 나오게 될 줄은 꿈에도 생각하지 못한 일이었다. 오리배는 바닷물이 크게 일렁일 때마다 좌우로 위태롭게 흔들렸다.

허술하게 걸치고 있던 구명조끼의 끈을 단단히 묶었다. 그러고는 옆자리에 던져 놓았던 가방 앞주머니에서 휴대폰을 꺼냈다. 문자가 몇 개 들어와 있었다.

거긴 재밌냐? 우리 반은 식물원. ㅠㅠ 이게 개구리 도마뱀도 잡아먹는대. 헐…….

사진에는 아가리를 벌려 놓은 길쭉한 주머니처럼 생긴, 꽃도 나무도 아닌 무엇인가가 있었다. 뻘건 아가리에 집어넣은 손은 수영이 손이 분명했다. 수영이 문자 말고는 생일 기념으로 커트 염색 20퍼센트 할인해 준다는 미장원 문자와 천만 원 대출 전화 한 통화면 당장 해 주겠다는 스팸 문자가 다였다. 얼른 수영이한테 문자를 보냈다.

여기 바다야. 나 오리배 타고 바다까지 나왔나 봐.

문자를 전송하고 나서 한참 만에 답이 왔다.

ㅋㅋㅋ 대박!!!!

그리고 끝이었다. 수영인 수영도 못하는 친구가 낡은 오리배에 몸을 싣고 서해를 떠다니다가 태평양에서 표류하게 생긴 이 황당한 상황을 단 한마디로 규정하고 나서 묵묵부답이었다.

진짜 바다라니까 ㅋㅋ 나 어떡하지? ㅠㅠ

다시 문자를 보냈지만, 기다려도 답이 오지 않았다. 몸이 달아 통화 버튼을 누르려다가 반 아이들하고 놀고 있을 것 같아 그만뒀다. 대신 엄마한테 전화를 했다. 봄의 왈츠라나 뭐라나 하는 음악이 흘러나오다 뚝 끝나 버렸다. 아빠하고 동생한테 전화를 해 봐야 하나 잠시 머뭇대는 사이에 휴대폰 안테나 숫자가 점점 줄어들더니 이내 사라져 버렸다. 통화 불가. 휴대폰은 시간도, 날짜도 지워졌다.

설마 설마 했는데 바다가 확실했다. 그것도 통신사 기지국이 닿지 않는 아주 먼 바다까지 온 것이다. 자리에서 일어나 한쪽 귀퉁이가 깨어진 플라스틱 의자를 밟고 올라서

서 오리배 밖으로 몸을 빼 사방을 둘러봤지만, 아무것도 보이지 않았다.

반마다 따로 장소를 정해 소풍을 간다고 했을 때 한강 여의나루에 가서 유람선을 타자고 한 건 영호였다. 볼 것도 없는 유람선을 탈 바에야 63빌딩 수족관에나 가서 상어와 헤엄치는 미녀 조련사를 보는 게 낫겠다고 한 건 병수였다. 담임은 둘의 의견을 절충해 63빌딩에서 수족관을 보고 유람선을 타는 걸로 코스를 정했다. 아이들은 시큰둥했다. 유람선이 잠수함이라고 해도, 수족관에서 낚시를 한다고 해도 하품을 쩍 하면서, 우리 끝나고 어디 갈래? 라고 할 게 뻔했다.

아이들은 장내 경기보다 장외 경기에 몰두했다. 몇몇 남자아이들은 한강 둔치 농구장에서 농구나 하자며 농구공 가져올 사람을 정하느라 머리를 맞대고 심각하게 고민했고, 당구를 치러 가겠다는 아이들은 어느 당구장을 갈지 의견이 분분했다. 농구도 당구도 흥미 없는 나머지 남자아이들이 갈 곳은 정해져 있었다. 피시방. 저렴하고 안락한 피시방은 서울 시내 곳곳에 널려 있었다. 남자아이들이 어디든 기어들어 가 패를 나눠 적을 섬멸하는 동안, 여자아이들은 옷 가게가 즐비한 길바닥을 쏘다니다가 지치면 커피숍으로 들어가 한때는 아군이었겠지만 어느 순간 적이 되어 버린 누군가를 성토하느라 침을 튀길 것이다.

습한 바람이 휙 불어왔다. 바람이 불자 바닷물이 크게 일렁였다. 오리배는 물결의 크기보다 더 심하게 흔들려서, 파도라도 밀려오면 실랑이할 것도 없이 엎어지거나 옆으로 누울 판이었다. 배가 바람을 등지도록 방향키를 아래로 잡아 내렸다. 방향키 옆에 흰 페인트로 아래는 좌회전, 위는 우회전이라고 친절하게 적혀 있다. 방향키를 내리면서 페달을 열심히 밟았다. 배가 뒤뚱뒤뚱 왼쪽으로 움직였다. 겨우 제자리 돌기를 했을 뿐인데, 종아리가 팽팽하게 당겼다. 오리배를 타고 섬이든 육지든 찾아가려면 얼마나 페달을 많이 밟아야 할지 알 수 없었다. 그러니 함부로 힘을 소모해서는 안 된다는 생각이 퍼뜩 들어 발을 페달에서 내려놓았다. 머리를 빼고 다시 밖을 내다봤다. 흰 새 두 마리가 나란히 하늘 위를 날았다. 갈매기처럼 보이지는 않았다. 그냥 희고 커다란 새. 새가 있다는 건 육지가 그다지 멀지 않은 거라고⋯⋯ 초등학교 때 본 만화에 그런 말이 있었다. 제목은 생각나지 않았는데, 만화는 표류기였다.

표류 중⋯⋯.

나는 지금 표류 중이다. 외국 배를 만나면 영어로 뭐라고 하지? 습관처럼 인터넷을 보려고 휴대폰을 켰다가 이내 껐다. 표류하는 것보다 인터넷이 연결되지 않는다는 게 더 막막했다.

　선착장에서 아이들은 유람선을 탈 부류와 오리배를 탈 부류로 나뉘었다. 오리배를 선택한 아이들은 모두 열네 명이었다. 그중에는 '지선이와 아이들' 무리도 있었다. 그 무리 일곱을 빼고 나면 여자는 나 하나였다. 담임이 둘씩 짝을 지어 타면 되겠다고 했을 때, 지선이와 아이들은 눈짓을 주고받으며 슬쩍슬쩍 나를 곁눈질했다. 그 눈빛은 소리 없는 언어였다. 여자아이들 사이에서 눈짓은 세상 어떤 언어보다도 의사 전달이 명확하다. 일곱이 내게 쏘아붙인 말은 설마 니가 우리랑? 설마 그럴 리가.

　나는 얼른 혼자 매표소로 갔다. 표를 파는 여자는 수동, 자동 둘 중 어느 걸 탈지 물었다. 산다는 건 끊임없는 선택을 마주하고 있다는 뜻이다. KTX를 타고 초고속으로 달릴 것인지, 냄새나는 화장실에 오래된 과자 나부랭이나 파는 매점 하나 달랑 있는 옹색한 버스 터미널을 다 들렀다 가는 완행버스를 탈 것인지 결정해야 한다면, 나는 후자다. 세상이 준비 땅 하면 LTE 속도로 전력 질주 하는 데 염증을 느껴서 쉬엄쉬엄 세상 곳곳에 숨겨져 있는 하찮은 것의 아름다움을 만끽하며 느리게 살겠다? 아니 그냥 고속행은 비싸니까. 인생에서 선택은 의지와 무관할 때가 많다. 나는 정말 모터 달린 오리배를 타고 보란 듯이 우아하게 한강을 누비고 싶었지만, 수동 오리배와 가격 차이가 오천 원이나 났다. 주머니 사정을 생각하면 수동 오리배도 과욕을 부린 거였다. 만 오천 원이라니. 진짜 오리 한 마리를 튀겨 먹는 것보다 비싼 배 안에서 나는 지금 쫄쫄 굶고 있다.

불현듯 나처럼 혼자 오리배에 오른 오순지가 생각났다. 남자아이들은 오순지를 오순자라고 비아냥댔다. 아직 인간으로 성숙하지 않은, 어쩌면 인간 되기는 아예 글러 버린 남자아이들과 비교하면 오순지는 수양과 학문을 닦아 성인의 반열에 오른 공자 맹자 순자에 견줄 만하다. 그나마 우리 반에서 성인이 될 남자라고는 오순지뿐이라는 게, 여자아이들의 공통된 생각이다. 그럼에도 불구하고 오순지는 여자아이들한테 인기가 없다.

세상의 이치를 알지 못하고 인간의 도리를 멀리하는 천둥벌거숭이들에게 몸소 깨우침을 설파해야 하는 성인의 길은 외롭다. 바르고, 정직하고, 성실하며 게다가 명석하지만 참 볼품없이 작은 오순지는 반에서 외톨이였다. 남자아이들은 오순지의 내면을, 여자아이들은 오순지의 외모를 마뜩잖게 여겼다. 내가 오리배에 혼자 올라 힘겹게 페달을 밟을 때 오순지는 마치 절경이 펼쳐진 한가로운 강에 배를 띄우고 한시라도 한 수 읊을 것처럼 의자 뒤에 깊숙이 몸을 기대고 천천히 한 발 한 발 굴렀다. 오순지는 나와 얼핏 눈이 마주치자 늘 그렇듯이 인자하게 입꼬리를 올렸다. 배를 띄우는 건 네가 아니다, 배가 움직이는 것이냐, 바람이 배를 움직이는 것이냐? 아니 네 마음이 움직이는 것이니 어리석은 중생아! 조바심치면서 발을 굴러 봐야 육신만 고생이라고 말하는 것처럼. 오순지는 가늘게 눈을 뜨고 나를 보다가 시선을 돌려 햇빛에 물고기 비늘처럼 반짝이는 한강을 지그시 쳐다봤다. 계속 내 뒤에 있던 오순지는 어디로 갔을까? 뒤를 돌아보고 또 돌아봐도 아무도 보이지 않았다.

나는 가만히 허벅지를 꼬집어 봤다. 어쩌면 꿈일지도 몰라. 현실은 지선이와 아이들에게 보란 듯이 유유히 한강을 가로질러 마포 쪽까지 한 바퀴 돌아서 선착장에 안전하게 오리배를 정박하고, 다른 여자아이들이 삼삼오오 짝을 지어 홍대 앞 쇼핑 거리를 방황하고 있을 때 나는 고상하게 대형 서점에 들러 책을 산 뒤 집으로 돌아와 아침에 엄마가 끓여 놓은 아욱국에 밥 한 공기를 말아 먹고 소파에 널브러져 텔레비전을 보다가 잠들어 이런 허무맹랑한 꿈을 꾸고 있는 건지도 모르니까. 남의 꿈에 들어가 건물을 세우고 부수고, 사랑하고 이별하고, 자다가 봉창 두드리는 소리를 해 대는 영화도 있지 않은가. 나는 지금 한강이 아니라 깊은 사색의 강을 외로이 배 저어 나가고 있는 건지도 몰랐다. 그런데 꼬집힌 허벅지가 아팠다.

헐…….

꿈도 아니라면 나는 지금 절체절명의 위기에 놓인 것이다. 열여덟 살이 되도록 내 삶은 굴곡 없이 순탄했다. 세 살때 계단에서 넘어져 왼쪽 눈가가 찢어져 희미하게 흉이 남았으나 눈은 멀쩡하고, 아홉 살 때 처음으로 사랑의 감정을 느꼈던 남자애가 전학 가서 가슴이 찢어지게 아팠으나여태껏 가슴은 기대만큼은 아니지만 멀쩡하게 발육 중이고, 열세 살 때 학원 빼먹은 걸 엄마한테 들켜 맞아 죽을까봐 가출하려 했으나 교통카드에 잔고가 없어 얌전히 귀가하여 지금껏 집에 잘 붙어 있고, 열여섯 살에 성적이 바닥을 쳐서 부모의 속을 뒤집어 놓았지만, 저게 공부는 못해도 심성은 착하다고 스스로 위안거리를 찾으신 부모는 건재하시다. 이대로 나간다면 나는 무사히 고등학교를 졸업하고, 서울 변두리에 있는 적당한 대학에 들어가 4년 내내비싼 등록금을 지불하며 학과 공부와 상관없이 토익, 토플따위를 공부하면서 88만원 세대니 잉여 인간이니 자기 비하를 일삼다가 2년 계약직으로 취직해 내가 뱉은 말이 헛말이 아님을 뼈저리게 느끼면서 나와 별반 다를 게 없는 남자를 만나 연애하고 결혼하고 늙을 것이다.

그런데 지금 나는 그 평범한 인생조차 누려 보지 못하고 죽을 운명에 처한 것이다. 가슴이 뭉클했다. 불쌍하고 가련한 인생. 사람은 죽어서 이름을 남긴다는데, '오리배를 타고 표류하다 죽은 서울 S고등학교 2학년 박주연(가명) 양의 안타까운 사연'으로 알려질 판이었다. 나는 상체를 밖으로 빼고 간절하게 소리쳤다.

살려 주세요! 살려 주세요!

목소리가 거의 쉬어 갈 무렵 오리배 앞쪽에 시꺼먼 형상이 희미하게 보였다. 저것은 뱃머리인지 모른다고 생각했다. 나는 몸을 바로 하고 힘차게 페달을 밟아 앞으로 내달리면서 소리쳤다. 여기 사람이 있어요. 여기 사람이 있어요! 내 외침이 잠시 끊어지는 사이 어렴풋하게 맞은편 물체에서도 소리가 들렸다. 나는 허벅지가 터지고, 발목 인대가 끊어질 것 같은 고통을 감내하면서 더 힘차게 페달을 밟았다.

여기 사람이 있어요!

여기도 사람이 있어요!

분명 사람의 목소리였다. 배는 선명하게 들어오지 않는데 소리가 먼저 닿았다. 사람이 있구나, 내가 안도의 한숨을 깊이 내뱉는 사이 내 눈에 들어온 건 뗏목 위에 서 있는 남자였다. 아니 저걸 뗏목이라고 해야 하나? 두꺼운 스티로폼 몇 개를 붙여 만든 것 위에, 저 사람이 남자인 건가?

새까만 선글라스에 긴 머리를 휘날리는 사람이 엎드려 한 팔로 열심히 물살을 저어 댔다. 스티로폼 배는 서서히 오리배 쪽으로 떠밀려 왔다. 긴 머리의 사람은 한 팔로는 부족하다 싶었는지, 배를 깔고 엎드려 한쪽 다리까지 물속에 넣어 저어 댔다. 그래 봤댔자 스티로폼 배는 좀처럼 속도를 내지 못했다. 나도 페달을 빨리 구르지 않았다. 상대방이 구조대가 될지 해적이 될지 판단이 서지 않았다.

스티로폼 배와 오리배의 간격은 천천히 좁혀졌다. 4미터, 3미터, 2미터……. 오리배의 뭉툭한 부리로 쪼아 댈 수 있을 만큼 스티로폼 배가 가까워졌다. 팔과 다리를 노처럼 저어 대던 사람은 밭은 숨을 몰아쉬며 스티로폼 위에 대자로 뻗었다. 긴 머리카락 몇 가닥이 물에 닿아 해초처럼 한드랑거렸다. 코앞에 있는데도 도무지 여자인지 남자인지 성별을 구별할 수 없었다.

나는 숨을 깊이 몰아쉬면서 스티로폼 위에 널브러져 있는 사람을 경계했다. 그 사람이 누운 채로 한 팔을 앞으로 쭉 뻗고 흔들어 댔다.

"안녕! 초면에 좀 건방지게 인사하는 것 같아 죄송한데, 제가 워낙에 저질 체력이라……. 아이고, 힘들어라."

남자가 분명했다. 음성이 가늘기는 하나 여자 목소리는 아니고, 턱선이 갸름하기는 하나 턱 아래 목에는 불거진 목울대가 말을 할 적마다 움직였고, 가슴은 밋밋했다. 나는 페달에 올린 발에 힘을 주며 방향키를 꼭 쥐었다. 자칫 낯선 남자가 오리배에 다짜고짜 달려들기라도 하면 오리 머리를 돌려 달아날 요량이었다. 페달이 없는 뗏목이 페달 있는 오리배를 쫓기는 쉽지 않을 것이다. 도망치지 못한다면 오리배로 엉성한 스티로폼 배쯤은 두 동강 낼 수도 있을 것이다.

남자는 숨을 한참 고른 뒤에야 일어나 앉았다. 잠자리 눈 모양의 선글라스를 낀 남자의 얼굴은 그런대로 봐줄 만했다. 콧대는 꽤 높고, 턱선도 날렵했다. 키는 그리 크지 않아 보였지만, 얼굴이 작아 비율이 괜찮았다. 표류 중에 잘 생긴 오빠를 만나 사랑에 빠지는 인터넷 연애소설에서나 볼 법한 판타지를 꿈꾸는 순간, 남자가 선글라스를 벗어 머리 위에 얹었다.

나도 모르게 절로 탄성이 나왔다. 감탄해서가 아니었다. 그는 선글라스를 썼을 때와 벗었을 때의 모습이 그야말로 천지 차이였다. 잘생긴 영화배우에서 덜 생긴 개그맨으로 탈바꿈한 남자는 나와 눈이 마주치자 흰 이를 모조리 드러내면서 웃었다. 그렇잖아도 작은 눈이 더 작아져 단춧구멍 형태를 완벽하게 재현했다. 내가 어정쩡하게 고개 숙여 인사하면서 그쪽도 표류 중이신가요? 아니면 저 혹시 선착장으로 가는 길이 어딘지 아세요? 하고 물어볼 말을 고르는 사이 남자가 아주 정중한 목소리로 물었다.

"학생! 초면에 미안한데, 혹시 볼펜 있어요?"

볼펜이라니? 저기요, 그쪽 분하고 저는 지금 표류 중인 것 같은데, 그렇다면 볼펜이 아니라 식수나 음식물 따위를 갖고 있는지 물어야 하는 거 아니에요? 나는 머릿속에서 떠오르는 말과 전혀 다르게 이렇게 대답했다.

"네."

"휴! 다행이다. 아니 아까 배가 흔들려서 볼펜을 물에 빠트렸지 뭐예요. 딱 두 문제가 남았는데, 정말 난감했죠. 볼펜을 찾으러 물에 뛰어들까 고민하던 차에 학생 목소리를 들은 거예요. 이런 걸 기적이라고 하죠. 안 그래요?"

남자는 들뜬 목소리로 말하면서 나를 빤히 쳐다봤다. 아니, 눈동자가 명확히 보이지 않으니 확실하지 않다. 쳐다보는 것 같았다. 이 아저씨 뭐야? 볼펜을 핑계로 수작 부리는 거 아니야? 나는 시선을 피하면서 방향키를 더 힘줘 잡았다.

"저기, 학생!"

"……."

나는 남자를 힐끔 쳐다봤다. 남자는 양손을 모아 앞으로 내밀었다.

"볼펜……. 있다면서요. 아주 잠깐이면 되거든요."

남자의 표정은 사뭇 진지했다. 나는 가방을 뒤져 필통에서 볼펜 하나를 꺼냈다. 남자는 얼른 이쪽으로 던지라고 소리쳤다. 나는 오리배 앞으로 몸을 빼서 볼펜을 남자 손위에 던졌다. 볼펜은 빗나가 남자 옆으로 뚝 떨어졌다. 남자는 얼른 볼펜을 집어 들더니 바지 주머니에서 손바닥만하게 접힌 종이를 꺼냈다. 도대체 뭐야? 나는 머리를 슬쩍빼고는 남자 손에 들린 종이를 유심히 봤다. 그건 신문지 쪼가리였다. 남자는 그 종이를 바닥에 내려놓고 무릎을 꿇은 채 볼펜으로 뭔가 적었다.

"저, 그게 뭐예요?"

나는 궁금증을 참지 못하고 물었다. 아무리 봐도 남자가 종이 쪼가리에 적는 게 표류 중인 나를 구할 단서가 될 턱이 없었지만, 궁금했다. 남자는 종이에 몇 글자를 끄적거린 뒤 바로 앉았다. 남자는 신문지 쪼가리를 들어 내 쪽으로 보이면서 말했다.

"낱말 퍼즐이에요. 며칠 동안 풀지 못한 답이 아까 생각났는데, 볼펜이 없어서 정말 미치는 줄 알았어요. 학생 덕분에 퍼즐을 마무리했어요. 고마워요."

"낱말 퍼즐요?"

"학생도 퍼즐 해 봤지요? 이게 뻔히 아는 낱말인데도 생각이 안 날 때는 아주 깜깜하게 생각이 안 나잖아요. 볼펜 정말 고마워요. 근데……."

남자는 뒷머리를 긁적이고는 겸연쩍게 웃으며 조심스럽게 말을 이었다.

"볼펜 여분이 있으면 이거 나 줄래요?"

나는 할 말을 잃었다. 조금 전까지 내 표류의 장르가 공포 또는 액션일 줄 알았는데, 웬걸 코미디였다. 잘못하면 영원히 선착장으로 못 돌아갈 수 있는 이토록 엄중하고 심각한 상황에 만난 최초의 인간이 원한 게 낱말 퍼즐을 풀기 위한 볼펜이라니. 나는 간절하게 나를 바라보는 남자를 멍하니 바라봤다.

"초면에 너무 무리한 부탁이죠?"

"그게 아니라, 제가요, 소풍 왔다가 혼자 여기까지 떠내려 왔거든요."

"아, 소풍 온 거였구나? 여의도 선착장에서 오리배를 빌렸겠네요."

어처구니없이 강 한복판에서 볼펜을 구걸하는 남자가 이제 이성을 찾은 건가? 나는 힘차게 고개를 끄덕였다. 어쩌면 물에 어지럽게 흩어지는 햇빛 때문에 잘 안 보여서 그렇지 여의도 선착장은 코앞일지도 모른다.

"네, 여의도 선착장에서 탔는데, 아저씨는 어디서 탔어요? 선착장으로 가는 방향은 어디에요? 선착장은 가까운 거죠? 아저씨도 그쪽으로 가는 거예요?"

나는 숨도 쉬지 않고 말을 쏟아 냈다. 남자는 가만히 내 말을 귀 기울여 듣더니 고개를 내저었다.

"나는 선착장 쪽으로 가는 게 아니에요. 나는 지금 바다로 가는 중이에요. 이건 내 인생에서 첫 도전이에요. 스티로폼 타고 태평양 횡단! 내가 계산을 해 보니까 정말 엄청나게 시간이 걸리겠더라고요. 아무것도 안 하기에는 너무 지루할 것 같아서, 낱말 퍼즐을 푸는 거예요."

"태평양이오?"

남자는 천연덕스럽게 웃으면서 고개를 끄덕였다. 바람이 휙 불면서 남자의 머리카락이 움직이는 낙지 다리처럼 사방으로 휘날렸다. 스티로폼 배는 슬금슬금 떠밀려 오리배 코앞까지 다가왔다. 남자는 팔을 쭉 뻗어 오리배의 부리를 툭 쳤다.

"왜 이 생각을 못 했을까? 오리배를 타고 태평양으로 가는 것도 좋았을 텐데……. 초면에……."

"볼펜 가지세요!"

나는 남자가 초면에 미안한데 배를 바꿔 타면 어떨까요, 라고 할까 봐 얼른 말을 잘랐다. 남자는 손에 쥔 볼펜을 바람막이 점퍼 안주머니에 넣으면서 천진난만하게 웃었다.

"초면에 고마워요. 아, 여의도 쪽은 위쪽으로 거슬러 올라가야 할 거예요. 시간이 꽤 걸릴 거예요. 물론 나도 정확히 아는 건 아니라서 단정 지어 말하기 어렵네요."

"그런데 아저씨! 태평양은 왜 가시려고요? 그리고 그 배로 갈 수 있기나 해요?"

"그냥 가는 거예요. 한번 혼자서 뭐든 내 힘으로 해 보고 싶어서요. 학생도 그렇겠지만, 나도 대학 들어갈 때까지 내내 학원에 과외에 발이 묶여 살았어요. 내가 삼수를 해서 남들보다 몇 배는 더 책상에 붙어 앉아 있었지요. 그렇게 악을 쓰고 대학을 가긴 했는데, 막상 대학에 발을 들이밀고 보니 할 게 없는 거예요. 하고 싶은 것도 없고. 그래서 머리를 길렀어요. 뭐든 색다른 걸 해 보고 싶어서. 그런데 어느 날 텔레비전에서 어떤 사람이 스티로폼 배를 만들어 한강 건너는 걸 봤는데, 정말 하고 싶더라고요. 초면에 내가 말이 너무 많죠? 오랜만에 사람을 보니까 반가워서 나도 모르게 말이 막 나오네요."

"위험하지 않아요? 파도가 치면 스티로폼이 힘없이 뒤집힐 텐데요."

"정말 위험한 건, 아무것도 하고 싶은 것도 없이 세상에 부유하고 있는 거지요. 이 배는 끄떡없어요. 보기보다 튼튼해요. 폭풍우를 만나면 이 배에 몸을 찰싹 붙이고 있으려고요. 이 끈으로 나를 묶어야지요."

남자는 스티로폼 배를 가로지르는 새까만 고무 끈을 가리켰다. 내가 무슨 말인지 몰라 어리둥절해하자, 남자는 고무 끈을 들추더니 그 아래에 드러누웠다. 끈이 그의 배 위를 가로질러 마치 검은 벨트를 한 것처럼 보였다. 그러니까 넓적한 고무 끈은 이 배의 안전벨트인 셈이었다. 하지만 스티로폼은 커다란 일회용 도시락이고, 남자는 그 도시락에 놓인 일용할 양식처럼 보였다. 운이 나빠 상어라도 만나게 된다면 남자는 한 끼 도시락이 될 판이었다.

"어때요? 훌륭하죠?"

상어한테는 뭐 그럴 법도 하겠다. 남자는 끈에서 빠져나와 앉았다. 스티로폼 배 한가운데 있는 배낭을 뒤적이더니 과자 한 봉지를 꺼냈다.

"이거 먹을래요?"

"아뇨."

남자는 내가 고개를 내젓는 걸 보면서도 꺼낸 과자를 내 쪽으로 툭 던졌다.

"가면서 먹어요. 얼마나 갈지 모르니까. 초면에 이런 얘기하면 웃을지 모르겠지만, 괜찮으면 나랑 같이 태평양 횡단 해 볼래요?"

"제가요?"

"네. 학생도 지금까지 정해진 시간표대로 살았잖아요. 이왕 이렇게 된 거 규격화된 삶에서 일탈해 보는 거죠. 우리 사회에서는 한번 일탈하면 인생 뭐 되어 버린다고 주입하지만, 그렇지 않아요. 우리 삶에서 정상 궤도라는 게 따로 있다고 생각해요? 대학 나오고 대기업 취업하고 결혼해서 서울시민이 되려고 기를 쓰고 달리는 게 우습지 않아요? 나는 인생을 마라톤에 비유하는 건 틀렸다고 생각해요. 마라톤은 정해진 노선을 무작정 빨리 달리는 거잖아요. 인생은 마라톤이 아니라 표류죠. 스스로 항로를 개척해서 파도를 헤치고 나아가다 때로는 원하지 않는 항구에 닿아 닻을 내리는 것! 그게 인생인 거죠."

그러니까 남자의 말대로라면 지금 나는 제대로 인생을 사는 셈이다. 오리배를 타고 표류하다니. 남자는 재빠르게 혀로 입술을 적시고는 말을 이었다. 이리도 말 많은 사람이 어떻게 혼자 태평양을 건널지 걱정됐다. 남자는 밥이 아니라 말에 굶주려 죽을지도 몰랐다. 말을 하는 동안 남자의 눈빛은 반짝반짝 빛이 났다. 긴 사설 끝에 남자의 끝 말은 그래서 태평양 횡단을 같이하면 좋겠다는 것이다.

나는 퍼뜩 남자가 신흥종교의 신도가 아닐까 생각했다. 무심코 오리배를 탔다가 표류하게 된 사람들을 찾아다니면서 태평양 횡단을 종용하는 표류교! 남자의 표정은 신성

한 제단 앞에서 간증을 하는 신도처럼 경건해 보였다. 나는 남자가 말을 맺자마자 얼른 고개를 내저었다. 남자는 실망한 기색이 역력했다. 마음을 숨기지 못하는 남자는 어색하게 웃으며 말을 덧붙였다.

"학생이 간다고 하면 오리배를 함께 타고 가서 좋겠다는 생각을 했어요. 스티로폼 배가 안전하긴 하지만, 아무래도 오리배한테는 달리죠. 다음에는 오리배를 빌려 타고 지중해 횡단을 해야겠어요. 지중해 알지요?"

"네."

"사실 지중해든 대서양이든 태평양이든 상관없어요. 내가 판단하고 결정하고 실천한다는 게 중요하니까요. 그럼 나는 이만 가 볼게요. 우리는 갈 길이 다르니까. 초면에 실례가 많았어요. 볼펜 고마워요."

남자는 선글라스를 다시 썼다. 그리고 손목에 낀 고무줄을 빼서 능숙하게 긴 머리를 묶었다.

"학생, 잘 찾아가요."

남자는 일어나서 손으로 오리배 부리를 힘껏 밀어 스티로폼 배를 오리배에서 떨어트린 뒤 처음에 봤을 때처럼 배를 깔고 누워 팔로 노를 저었다. 도대체 저렇게 저어서 언제 태평양에 간다는 건지. 나는 아주 천천히 멀어지는 하얀 스티로폼 배를 바라보다 방향키를 돌려 오리배를 180도 회전시켰다. 그러고는 힘차게 페달을 밟으면서 생각했다. 정말 오리배를 타고 태평양을 횡단하면 어떨까? 지중해에 간다면? 지중해는 아주 아름답다던데……. 나는 사진이나 텔레비전에서 본 지중해의 아름다운 빛깔을 떠올리려 애썼다.

"아이고 정신 차려라. 지중해라니, 그리고 태평양 횡단이라니 완전 미친 거지."

나는 혼잣말을 내뱉으면서 페달을 밟았다. 얼마나 가야 하는 걸까. 목을 길게 빼고 사방을 둘러보았지만, 앞이고 옆이고 뒤고 다 물이었다. 이런 곳에서 볼펜을 빌려 달라는 남자를 만났다고 하면 수영이는 뭐라고 할까. 대박! 진짜야? 그러게. 모든 것이 거짓말 같다. 소풍 와서 오리배를 탔는데, 표류하게 되고, 스티로폼 배를 타고 태평양을 횡단하려는 남자를 만나는 것이 가능한 일인가? 꿈이라면 너무 길게 꾸는 거 아니야? 나는 페달을 밟으면서 꿈이라면 어서 깨길 바랐다.

그때 아련하게 뒤에서 사람 목소리가 들리는 것 같았다. 태평양으로 나아가던 남자가 스티로폼 배는 거친 파도에 금방 산산조각 날 게 뻔하다는 현실을 깨닫고 되돌아오는 건가? 뒤를 돌아봤지만, 스티로폼 배는 보이지 않았다. 환청인가? 사막에서 오아시스를 보듯 환청이 들리는 건가?

나는 가방에서 물을 꺼내 한 모금 마셨다.

"여기요! 여기 좀 봐요."

환청이 아니었다. 분명하고 또렷하게 들렸다. 어디를 보라는 건가? 어디요? 나는 의자에서 엉덩이를 떼고 몸을 밖으로 빼서 둘러봤다. 여기요!

오리배의 후미 쪽이다. 나는 다리를 번쩍 들어 재빠르게 뒷좌석으로 넘어가서 뒤를 넘겨다봤다. 잔물결만 일 뿐 아무도 없어 사방을 둘러보는데, 느닷없이 물속에서 시꺼먼게 불쑥 튀어나왔다. 나는 너무 놀라면 목구멍이 콱 막혀버려 소리를 지를 수조차 없다는 걸 깨달았다.

내가 숨넘어가는 사람처럼 꺽꺽거리는 사이 오리배가 뒤로 꺼지는가 싶더니 시꺼먼 형체가 후미 쪽에서 배 위로 기어 올라왔다. 드라마나 영화에서는 여자들이 놀랄 일만 있으면 정신줄을 놓고 잘도 혼절하던데 나는 눈을 감을 수도, 고개를 돌릴 수도 없었다. 그래서 괴기스러운 장면을 두 눈 똑바로 뜨고 지켜봐야 했다.

"놀랐어?"

나를 공포에 몰아넣은 대상의 목소리가 귓가에 와 닿았지만, 외국어를 듣는 듯 무슨 뜻인지 해독이 되지 않았다.

"괜찮아?"

아니, 전혀 괜찮지 않다. 나는 혼자 바다에 표류 중이고,

물에서 튀어나온 시꺼먼 괴물이 말을 거는데 괜찮을 리가 없지 않은가. 시꺼먼 괴물은 물안경을 벗고, 잠수복 모자를 뒤로 젖혔다. 희고 말간 얼굴이 내 얼굴을 가만히 들여다보면서 말했다.

"네가 하도 기겁을 해서 나도 놀랐잖아. 혹시 물 있니?"

잠수복을 입은 여자는 내 옆에 털썩 주저앉으면서 잠수복 지퍼를 내렸다. 나는 괜한 호들갑을 떨어서 주위 사람에게 민폐를 끼친 사람처럼 민망해하면서 앞자리에 있는 가방을 뒤적거렸다. 생수병이 어디에 있더라.

"너 혼자니?"

잠수부는 내가 건넨 생수병을 잡아채서 벌컥벌컥 마시고는 밑바닥에 조금 물을 남겨 도로 내게 건넸다. 나는 생수병을 가방에 밀어 넣으면서 고개를 끄덕였다.

"오리배를 혼자서도 타나? 혹시 너랑 함께 탄 사람은 떠밀어 버린 거 아냐?"

"네?"

내 표류기는 코미디에서 스릴러로 반전을 거듭해 가고 있었다. 잠수부는 깔깔 웃더니 내 어깨를 거칠게 쳤다.

"농담이야. 여기 한강에서 수영하다 보면 종종 떠내려가는 시체를 보거든. 내가 시신 인양하는 잠수부도 아니고…… 처음에는 꿈만 꾸면 물에 불은 시신이 보이는 거야. 그런데 서너 번 겪으니까 면역이 돼서 아무렇지도 않더라. 이 과자, 먹어도 되니?"

잠수부는 볼펜 빌린 남자가 던져 준 과자 봉지에 눈독을 들였다. 내 오리배에 탄 건 괴물이 아니라 해적이었다. 나는 마지못해 과자 봉지를 잠수부에게 건넸다. 잠수부는 과자 봉지를 거칠게 뜯어 과자를 한 움큼 입에 집어넣고는 중얼거렸다.

"나이가 드니까 이 짓도 못 해 먹겠다. 올해 대회 나가고 나면 때려치워야지. 예전에는 두세 시간은 물속에서 끄떡없었는데, 요즘은 한 시간만 지나면 다리에 쥐가 난다니까. 그런데 너는 여기서 뭐 하니?"

"소풍을 왔는데, 배가 떠밀려 와서요."

나는 입가에 과자 부스러기를 묻힌 채 연신 과자를 입에 집어넣는 잠수부를 힐긋대면서 말했다. 잠수부 몸에서 흘러내린 물이 내 치맛자락을 적시고 있었다. 나는 바람이 불어서 배가 엉뚱한 쪽으로 가면 안 되는데 어쩌고 하면서 슬그머니 앞자리로 넘어갔다.

"아, 그래, 아까 보니까 교복 입은 애들이 떼 지어 몰려다니더만, 소풍 온 거구나?"

"우리 반 애들을 봤어요?"

"너네 반 애들인지는 내가 모르지. 그런데 너는 왜 혼자 떨어졌니? 아하! 너 은따구나."

은따라니, 요즘도 그런 말을 쓰나? 삼십 대처럼 보이는 잠수부는 케케묵은 은어를 쓰면서 뭐가 좋은지 혼자 또 깔깔 웃었다.

"소풍 와서 혼자 있는 거 보면 뻔하지. 나도 그랬거든. 고등학교 내내 혼자 지냈어. 뭐 회사 들어가서도 마찬가지였지. 사실 내가 겪어 보니까 회사 왕따가 학교 왕따보다 더 심하더라. 애들이야 철이 없어서 그런다지만, 어른들은 나이도 먹을 만큼 먹어서 왜들 그러는 건지, 어디를 가든지 공공의 적을 만들어서 따돌리는 거야. 우리 회사 사람들은 내 뒷담화하면서 쥐꼬리만 한 월급에 날마다 야근하는 직장인의 고충을 이겨 낸다고 할까? 사실 알고 보면 나를 왕따 시키는 저희들도 다 왕따인 거야, 이 사회에서. 그러니까 내 말은 그깟 은따 고민할 필요가 없다는 거지. 너도 우울하거나 그러면 운동을 해 봐. 나는 그래서 철인 5종 경기 대회에 나가기 시작했어. 머리 복잡할 때는 몸을 움직이는 게 최고거든."

"철인 5종 경기 선수예요?"

"응, 아마추어지. 어디 보자, 너도 꽤 몸이 실해서 할 만하겠는데. 수영은 할 줄 아니?"

나는 고개를 내저었다. 잠수부는 아쉽다며 혀를 차더니

이내 수영이야 금방 배운다면서 자신이 어떻게 수영을 배웠는지 길게 설명했다. 서울 변두리에 있는 전문대학을 졸업하고 선배 소개로 충무로에 있는 기획사에 들어가 명함이나 지라시 만드는 일을 했다는 잠수부는 어느 날 5년 동안 하루도 빠지지 않고 오르내리는 허름한 건물이 마치 자기 몸의 일부가 된 것처럼 느껴졌다고 한다.

청소하는 아줌마가 아침마다 락스를 부어 대도 소용없는 지독한 화장실 지린내와, 인쇄소 골목에서 날아온 먼지가 쌓여 새까만 더께가 낀 유리창의 불투명한 유리와, 담뱃진이 밴 쾨쾨한 사무실 한구석에 있는 녹슨 서류함이 마치 자신처럼 느껴져서 견딜 수가 없었다나.

"그래서 수영을 배웠어. 날마다 목욕탕에 가는 것보다 수영장에 가는 게 실속 있더라고. 회사에서 가까운 시립 수영장 강습료가 목욕비보다 쌌거든. 물속에서 수영을 하다 보면 내 자신을 잊을 수가 있었어. 명함 쪼가리 하나 맡기면서 온갖 거드름을 피우고, 오자라도 있으면 당장 잡아먹을 듯이 달려드는 사람들을 상대하느라 쪼그라든 나는 사라지고, 아직 세상에 희망을 갖고 있는 태아가 된 것 같았어."

잠수부는 3년 동안 수영을 배우고 아마추어 수영 대회에 나가 여러 번 입선하자 바다에서 수영을 해 볼 생각에 철인 경기에 나가기 시작했다고 말했다. 그러고는 과자 봉지를 위로 치켜들더니 과자 부스러기를 입에 털어 넣었다.

"수영을 하고 나면 배가 고파."

"그럼 지금 연습 중이신거예요?"

"아니. 출전 중이었지. 한강 위쪽에서 동호회 사람들끼리 경기를 하고 있었거든. 그런데 수영하다가 기분이 내켜 혼자 여기까지 와 버린 거야."

"여기가 어디예요?"

"어디긴 어디야, 한강이지."

"그러니까 여기가 한강 하류인 거죠? 여기서 조금 나가면 바다에 닿는 거죠?"

내 말에 잠수부는 도리질을 하면서 손으로 젖은 머리카락을 훑어 내렸다. 물방울이 내 얼굴에 튀었다.

"이쪽이 하류이긴 한데, 바다는 아주 멀지. 여의도 선착장이 바로 저기잖아."

잠수부가 턱짓으로 가리키는 곳을 보았더니, 정말 선착장이 눈에 들어왔다. 분명 조금 전까지 아무것도 보이지 않았는데, 선착장 건물 위에 걸려 있는 간판 글씨까지 희미하게 보였다.

"어, 이상하다? 아까는 아무것도 안 보였는데……."

"조심해라. 물귀신한테 홀리지 말고. 이 강에 한 많은 귀신들이 한둘이겠냐? 너 세이렌이라고 알지? 혹시 노랫소리 들리지 않던? 흐흐 내 다리 내놔라. 내 심장 내놔라!"

잠수부는 머리를 앞으로 내리고는 귀신 소리를 냈다.

"정말요?"

팔에 소름이 오소소 돋았다.

잠수부는 낄낄 웃었다. 괴기스럽게. 잠수부는 머리를 가지런히 하고는 내 얼굴에 바짝 얼굴을 갖다 붙이며 속삭였다.

"내가 누구인 거 같니?"

잠수부의 말이 떨어지자마자 내 비명 소리가 괴괴한 강에 울려 퍼졌다. 잠수부가 소스라치게 놀라면서 내 어깨를 세게 쳤다.

"아이고 엄마! 놀라 기절할 뻔했다. 얘가 정말 순진하네. 이깟 장난에 그리 놀라면 어떻게 해."

"정말 귀신 같아서……."

나는 눈물까지 찔끔 나왔다. 잠수부는 피식 웃더니 열어 놓았던 잠수복 지퍼를 올려 여미고는 모자를 뒤집어썼다.

"살다 보면 세상에 놀랄 일 천지야. 너도 당장 운동 같은 걸 좀 해라. 담력도 키우고, 심신도 단련하고. 아무튼 과자 잘 얻어먹었다. 고마워!"

"가시려고요? 어디로요?"

"얘 좀 보게. 여기서 가면 어디로 가겠냐? 강으로 가지."

"아니 그게 어디까지 헤엄치시려고요?"

"태평양!"

잠수부는 그 말을 하고는 내가 인사할 겨를도 없이 풍덩 물속으로 뛰어들었다. 나는 잠수부가 뛰어든 쪽으로 몸을 기울여 내려다봤다. 잠수부는 돌고래처럼 유연하게 물을 헤치고 나아갔다. 잠수부가 가는 방향은 볼펜을 빌린 남자가 배를 저어 나간 쪽이었다. 만약에 둘이 만나게 된다면 남자의 스티로폼 배에 머리를 맞대고 앉아 낱말 퍼즐을 풀지도 모른다는 생각을 했다. 파란 바닷물이 잔잔하게 물결치고, 따사로운 햇빛을 받은 스티로폼은 하얗게 빛나고, 한참 동안 고민하던 낱말이 떠올라 둘이 손뼉 치면서 좋아하는 모습을, 나는 페달을 밟으면서 엉뚱하게 그런 생각을 했다. 평화롭겠구나.

여의도 선착장에 거의 가까워졌을 때 옆면에 파라다이스 8번이라고 쓰여 있는 오리배를 만났다. 그 안에는 여전히 페달을 느긋하게 밟고 있는 오순지가 있었다. 오순지는 나와 눈이 마주치자 또 입꼬리를 살짝 올리면서 웃었다. 나는 방향을 틀어 오순지 배 가까이 다가갔다. 오순지는 내가 제 앞을 반쯤 가로막아도 올린 입꼬리를 유지했다.

"야! 오순지, 너 스티로폼 배 타고 태평양 가는 남자 못 봤어?"

오순지는 미간을 좁히며 그러지 않아도 작은 눈을 더 가늘게 뜨고 나를 쳐다봤다.

"잠수복 입고 수영하는 여자도 못 봤어?"

오순지는 아주 점잖게 고개를 내저었다.

"이상하다. 그래, 이상하지. 아니 한강에서 그런 사람들을 만난다는 게 이상하지. 그런데 진짜 있었다니까. 정말 별 이상한 일도 다 있지. 이 배도 아주 멀리 떠내려간 줄 알았는데, 그게 아니더라고. 그런데 왜 아까는 선착장이 안 보였을까."

나는 스티로폼 배가 어떻게 생겼는지, 그 배에 탄 사람이 뭘 하고 있었는지 그리고 잠수복 입은 여자가 생수와 과자를 바닥냈다는 얘기를 주절주절 늘어놓았다. 오순지와 말을 하기는 처음이었다. 물론 오순지는 아무 말도 하지 않았지만. 나는 오순지가 대꾸하지 않는 게 오히려 더 편하게 느껴졌다.

"내가 한 말 아무한테도 하지 마라. 너만 알고 있어."

내 말에 오순지의 입꼬리는 더 위로 올라가면서 잇몸이 살짝 드러났다. 오순지는 천천히 고개를 끄덕였다. 그러고는 조심스럽게 내게 말했다.

"휴게소 같이 갈래? 목마르지 않니?"

최후 진술

나는 내 죽음을 증명해야 한다. 우습게도!

콧잔등에 걸쳐진 안경을 검지 끝으로 추어올린 남자가 나를 뚫어지게 바라본다. 그래, 어디 말해 봐라. 단, 네 죽음과 관련 있는 것들만 말해야 한다. 터무니없이 아무런 죄 없는 것들에게 덮어씌울 생각은 아예 하지 마라. 생명의 탄생과 죽음은 거대한 우주의 일이다.

안경 쓴 남자 오른편에 앉은 대머리 남자는 제 손목시계를 힐끔 쳐다보고는 고개를 들어 나를 본다. 시간이 없다. 지금도 지구가 열심히 돌고 있지 않느냐? 시간의 화살을 모르느냐? 시간은 과거에서 미래로 갈 수밖에 없다. 네

과거가 어떻든 미래에 너는 죽는다. 어차피 사람은 언젠가 죽는다. 바쁘니까 빨리 끝내자.

대머리 옆에 앉은 여자는 미장원에 다녀온 게 분명하다. 옆머리는 안으로 감아 넣고 뒤통수 머리는 잔뜩 부풀려 마치 헬멧을 뒤집어쓰고 있는 것 같다. 여자는 앞에 놓인 종이 뭉치를 한 장 넘기면서 나를 보고, 또 한 장 넘기면서 나를 보고, 보고 또 봐도 알 수 없다는 표정이다. 도대체 네 죽음이 나와 무슨 상관이람. 여자는 백화점 앞 가판대에 쌓아 놓은 만 원짜리 티셔츠를 건성으로 봤다가 얼른 외면하듯 내 눈을 피한다. 여자는 희고 가느다란 손가락으로 종이를 넘기는 데 열중한다. 여자가 종이 뭉치에 적힌 글을 토씨 하나 빠트리지 않고 샅샅이 파헤친다고 해도 그 종이에는 진실이 없다. 진실은 내 육체와 기억에 새겨져 있다. 문신처럼.

나는 여자 오른편에 앉은 남자를 본다. 이 남자는 내내 종이 뭉치에 얼굴을 박고 있다. 수업 시간에 몰래 소설을 보는 학생처럼 어깨를 잔뜩 옹그리고 있다. 남자는 시종일관 서스펜스와 스릴이 넘치며 스펙터클하고 판타스틱한 결말을 기대할지 모른다. 남자가 종이를 넘기다 눈살을 찌푸린다. 어느 부분이 마음에 들지 않는 걸까? 아마도 백혈병이라는 게 마뜩잖겠지. 영화나 드라마에서 수십 년 동안 우려먹었는데도 여전히 화면 속 여자가 파리한 얼굴로 몸을 휘뚝대기만 하면 십중팔구 걸리는 그 흔한 백혈병? 남자도 피할 수 없는 질병인데, 웬일인지 예쁜 여자의 전유물로 여겨지는 그 귀한 백혈병? 최첨단 산업으로 인류의 미래를 바꾼다는 반도체 사업장에서 일한 사람이 걸리는 질병이라면 수준에 걸맞게 모던하고 혁신적이며 파격적인 질병이 좋잖아. 예를 들자면 국제 의학계에 알려지지 않은 울트라슈퍼캡숑킹왕짱바이러스에 감염되어 밤마다 좀비로 변신해 반도체 칩을 닥치는 대로 씹어 먹는다든지, 보름달이 뜨는 날 늑대로 변신해 63빌딩 꼭대기에 올라 일그러진 현대 문명을 저주하면서 처절하게 운다든지 하는 이런 거 없나……. 나는 남자의 실망감을 충분히 이해한다.

책상 오른쪽 끄트머리에 앉은, 가장 나이가 많아 보이는 남자는 벌써 지쳐 있다. 이마에 깊게 팬 주름이 회로처럼 선명한 남자의 손을 거쳐 간 환자는 내 손을 거친 반도체 웨이퍼만큼 많을 것이다. 내가 화학약품에 웨이퍼를 씻는 동안 남자는 유해가스가 샐 염려 없는 안전한 병원에서 독한 화학물질에 오염되지 않았을 깨끗한 누군가의 가슴에 청진기를 대고는 말했겠지. 심장이 쿵쾅쿵쾅 잘 뛰는군, 다음! 남자는 의자에 비뚤름하게 기대앉아 내 뒤쪽을 응시

한다. 그곳에는 흰 벽에 등을 바짝 대고 늘어선 근로복지공단 직원들이 있다. 짧은 순간 그들과 나이 든 의사는 나를 가운데 두고 팽팽한 눈빛을 주고받는다. 그들은 나를 두려워한다.

내가 허리춤에 꽂아 둔 권총 두 자루를 양손으로 뽑아 들고 높은 천장에 머리가 닿도록 펄쩍 뛰어올라 3연속 공중회전을 하면서 책상 앞에 앉아 있는 고결한 의사 다섯을 전광석화같이 차례로 쓰러뜨리고, 벽에 기대선 열댓 명의 남자들이 우왕좌왕 허겁지겁 달려들면 창문 쪽으로 질풍질주, 유리창을 맨몸으로 뚫고 7층에서 다이빙을 하듯 뛰어내리면 내 등짝에서 낙하산이 활짝 펼쳐질까 봐? 정말 그럴까 봐 온 직원이 경계 태세일까?

설령 내가 그렇게 대단한 능력의 소유자라고 하더라도 이제 고난도 액션을 보여 주기는 틀려 버렸다. 내 몸속에는 나를 막으려고 하는 사람들보다 무서운 존재가 있기 때문이다. 지금도 내 혈관에 진을 치고 있는 백혈병 세포는 호시탐탐 내 멀쩡한 세포를 노린다. 나는 이들과 싸우는 것만으로도 힘겹다.

그런데도 내 앞에 있는 사람들은 나를 두려워한다.

정확히 말하자면 그들이 두려워하는 건 내 몸속에 있는 질병이다. 더 적나라하게 말하자면 내 골수에 자리 잡은 뒤 가지를 뻗치고 뿌리를 내려 내 혈액 곳곳에 똬리를 튼이 무서운 포자를 퍼뜨린 존재가 드러날까 봐 두려운 것이다. 그들은 내 몸에 공생하고 있는 포자가 30억 년 전쯤 지구를 둘러싼 이산화탄소와 산소의 역할로 생겨난 자발적인 세포를 모태로 하여 어마어마하게 긴 세월을 끈질기게 생존하다 우. 연. 히. 내 몸에 뿌리내린 것이길 바란다. 그리하여 내 병은 우주의 섭리일 뿐이거나 그 우주를 관장하는 신이 있다면 신의 뜻이라고. 지구에 잉태된 모든 생명을 존중하겠다는 히포크라테스 선서를 한 이들은 이 방에 들어설 때부터 신의 편에 앉았다. 그들은 내가 그들의 신을 모독할까 봐 두려운 것이다.

나이가 가장 많아 보이는 의사가 무거운 방 안 공기를 가르며 입을 뗐다.

"박선혜 씨! 본인 맞습니까?"

"네."

나는 천천히 고개를 끄덕였다. 마스크를 쓴 내 얼굴을 유심히 보던 의사도 같이 고개를 끄덕였다. 내가 박선혜인지는 몰라도, 환자라는 건 확실해 보인다는 뜻인 것 같았다.

"지금 항암 치료 중인가요?"

"네."

"몸은 좀 어떻습니까?"

"보시다시피 좀 안 좋습니다."

"가족 중에 백혈병에 걸린 사람이 있습니까?"

"아니요. 백혈병이 그렇게 흔한 병은 아니니까요."

"아니, 백혈병은 골수암이니까. 요즘 세상에 암이야 흔하지. 암에 걸린 가족은 없습니까?"

"아직은 없습니다. 저 말고는."

질문한 의사는 내 대답을 듣고는 이마 주름이 더 깊게 패도록 눈을 위로 크게 뜨면서 옆을 돌아본다. 자신은 할 몫을 했으니 다음 차례로 바통을 넘기는 것이다. 그런데 아무도 선뜻 나서지 않아 침묵이 흘렀다. 여자 의사가 양 옆을 둘레둘레 보다가 하는 수 없다는 듯 나섰다.

"박선혜 씨?"

"네."

"지금은 집에서 요양하고 있나요?"

"네."

"공단 보고서를 보면 일 년 구 개월밖에 회사에 근무하지 않았네요? 혹시 회사에 입사하기 전에도 건강이 안 좋았나요? 다른 질병을 앓은 적은 없나요? 어릴 적에라도."

"아뇨, 건강했습니다. 건강하지 않았다면 회사에서 뽑아주지 않았겠지요. 사원 선발 기준이 나름 엄격한 걸로 아는데요."

여자 의사는 내 대꾸가 탐탁하지 않은 듯 양미간을 좁히면서 나를 뚫어지게 쳐다봤다. 육안으로 판정이라도 할 듯이. 아마도 여자 의사는 고작 1년 반 정도 일하고서는 이런 무서운 병에 걸릴 리가 없다고 생각할 것이다. 여자 의사는 들여다보고 있던 종이 뭉치를 손가락 끝으로 톡톡 치면서 말을 이었다.

"여기에 보면 거기 작업 환경은 문제가 없는 걸로 나옵니다. 박선혜 씨도 봤죠?"

"아뇨. 보여 주셔야 보죠."

여자 의사가 당황한 기색으로 맞은편에 서 있는 공단 직원 하나를 쳐다봤다. 그 직원은 재빨리 대외비라고 말했다. 대외비라는 종이 뭉치, 의사들이 병색이 역력한 여자를 마주하기가 불편할 적마다 시선을 돌리기 위해 들여다보는 그 종이 뭉치에는 내가 근무한 회사 작업 환경을 조사한 결과가 적혀 있을 것이다. 나는 그 종이 뭉치를 받지 못했다. 내 백혈병 세포를 만들어 낸 포자의 근원지가 내가 일하던 곳의 화학약품 때문이라며 근로복지공단에 산재 신청한 게 1년 전이었다. 1년 동안 묵묵부답이던 공단은 최근에 사업장 역학조사를 벌였지만, 공개하지 않았다. 다만 이렇게 짧은 결과만 통보했다.

근로복지공단은 신청인 박선혜 씨의 산업 재해 판정을 위해 안전보건공단에 의뢰해 사업장 역학조사를 벌였으나, 박선혜 씨의 백혈병이 업무상 질병이라고 판단하기 어려워 자문의 협의회를 열어 심리를 거친 뒤 결정하기로 했습니다.

공문을 본 아빠는 헛웃음을 터뜨렸다.

"판단하기 어렵단다. 시간 질질 끌고 여태 있다가 한다는 말이 어렵다? 뭐가 어려워? 저희한테 문제를 내 줬어, 돈을 꿔 달래?"

아빠는 근로복지공단에서 온 공문을 식탁에 휙 집어 던졌다. 저녁상을 차리려고 파를 썰던 엄마는 오른손에 칼을 든 채로 왼손으로 공문을 집어 훑어보고는 입을 꾹 다물고 마저 파를 썰었다.

"역학조산지 뭔지 했으면 결과가 어떻게 나왔는지 얘길 해야 할 거 아냐. 그냥 어렵다니. 맞은 놈은 있는데, 때린 놈은 있는 것도 같고, 없는 것도 같다는 말이야, 뭐야? 이런 개눔의 새끼들……."

아빠는 끝말을 질겅질겅 씹듯 뱉어 냈다. 엄마는 바글바글 끓고 있는 된장찌개에 파를 넣으면서 먼발치에서 동네 싸움 참견하듯이 느긋하게 입을 뗐다.

"여보, 판단하기 어렵다는 말은 때린 놈이 확실히 있다는 거야. 때린 놈이 없으면 판단할 필요가 없잖아."

"그러니까. 그놈들이 뻔한 수작을 부리는 거지. 자문의 협의회인지 뭔지에서 산재 승인 판정을 내리겠어?"

"그럴 리 없지. 승인 판정 내릴 거면 뭣하러 또 의사들을 불러 놓고 심사를 하느니 어쩌느니 하겠어. 때린 놈은 있는데 어렵다는 거잖아. 그냥 봐주면 표 나니까 자꾸 그럴싸한 핑계를 만드는 거야."

"이런 죽일……."

아빠는 나하고 눈이 마주치자 뒷말을 삼켰다. 딸을 서서히 무너뜨리고 있는 병이 우주의 섭리도, 신의 뜻도 아니라는 걸 확신하고 나서부터 아빠는 수도 없이 시퍼런 노여움을 뱉어 내고 삼켰지만 부피는 도무지 줄지 않았다. 태연한 쪽은 엄마였다. 엄마는 내 병명을 안 순간에도 울지 않았다. 의사가 백혈병에 대해 설명하는 동안 엄마는 벌써 눈시울이 붉어지면서 목이 멘 남편과 이미 울기 시작한 딸 사이에서 허리를 꼿꼿하게 펴고 의연하게 앉아 있었다.

"요즘 암은 다 고치더라. 백혈병도 암이라니까, 고칠 수 있어. 겁낼 것 없어. 고치자. 엄마가 그렇게 할 거야."

엄마는 병실에서 우는 딸을 꼭 끌어안고 경기에서 패배한 선수를 위로하는 감독처럼 결의에 찬 목소리로 말했다.

패배를 받아들이지 못하고 방황하는 선수를 대신해 엄마는 직접 신발 끈을 단단히 동여매고 양손에 글러브를 끼고 링 위에 올라섰다. 이 용맹한 선수는 꼭 이기리라는 자신의 신념을 조금도 의심하지 않았다. 그리고 그 신념을 뒷받침하기 위해 근거 없이 세상에 떠돌면서 절벽 끝에 매달린 이들에게 짧은 순간 기적을 기대하게 하는 민간요법들을 죄다 수집하고, 더 큰 기적을 장담하는 하나님을 기꺼이 받아들여 독실한 신자가 되었다. 아마 그쪽이 역부족이라고 여겨지면 석가모니도 마다하지 않고 초파일에 연등을 켰을 것이다. 엄마의 신념은 온갖 기대와 기적이 뒤섞인 콜라주다. 그것은 서로 단단히 엮이고 얽혀서 결코 해지지 않았다.

엄마는 근로복지공단에서 온 공문을 반듯하게 귀를 맞춰 두 번 접은 뒤 식탁 한쪽에 치워 놓고 밥상을 차렸다.

"밥이나 먹어. 싸우자고 들이대면 어쩌겠어. 싸워야지."

내 싸움은 내가 그냥 박선혜가 아니라 백혈병 환자 박선혜가 되면서부터 시작되었다. 담당 의사는 내 몸에 존재하는 세포들을 총체적으로 평가해 아군과 적군을 명확하게 구분했다. 이 싸움에서는 정치적인 타협이라든가 조건부 협상이라든가 하는 어정쩡한 공존이 있을 수 없다. 강한 항암제로 아군의 희생을 감수하면서까지 적군은 흔적 없이 섬멸해야 한다. 이 싸움의 승패 결과는 선명하다. 살거나, 죽거나.

세상도 아군과 적군으로 갈린다. 학교 다닐 때 나한테 호의적인 선생님과 그렇지 않은 선생님, 나와 친한 친구, 나를 미워한 친구 뭐 이런 감성적인 분류가 아니다. 세상에서 만난 적은 암세포처럼 위험하다. 아니 암세포보다 은밀하고 치명적이다. 아군인 척 위장하지만 적군이기 쉽고, 적군이 아닐 거라고 믿는 순간 조용히 등 뒤에 비수를 꽂기도 한다. 내가 아픈 뒤로 치료비에 보태라고 성금까지 모아 보내 준 회사는 산재 신청을 하겠다고 하자 무섭게 돌변했다. 회사에서 치료비를 지원하려고 했는데, 국물도 없을 거라며 수시로 협박했다. 그 적군은 지금 이 순간에도 내 주변에 진을 치고 나를 노린다.

"박선혜 씨."

가장 오래 종이 뭉치를 들여다보던 의사가 고개를 들고 나를 쳐다본다. 이 사람은 아군인가, 적군인가?

"네."

"반도체 사업장에서 정확히 무슨 일을 하신 겁니까?"

"……."

내 산재 신청서에는 내가 무슨 일을 했는지 정확하게 적혀 있다. 그런데 그것보다 더 정확한 걸 요구한다면…….
하나의 반도체가 만들어지기까지 육백 단계가 넘는 공정
중 내가 했던 일은 단순했다. 1년 넘게 눈만 뜨면 하던 일
은 회사를 그만두고도 또렷하게 기억났다. 방진복이 몸에
감기는 느낌, 화학약품의 역한 냄새, 강렬한 불빛 아래 분
주하게 움직이던 발걸음 소리. 나는 마스크를 벗어 놓았
다. 의사는 내 대답을 받아 적을 모양으로 볼펜을 단단히
손에 쥐었다.

"저는…….'

급히 말하려니까 목이 꽉 조여들어 침이 넘어가지 않았
다. 나는 잔기침을 하면서 침을 삼켜 보려 했다.

"물을 좀 마시죠. 생수는 안 될 테고. 끓인 물 가져왔나
요?"

의사는 자기 앞에 놓여 있던 생수병을 들었다가 내려놓
았다. 나는 의사에게 고개를 끄덕여 보이고 가방에 넣어
온 보온병을 꺼냈다. 보온병 뚜껑에 김이 올라오는 보리차
를 부어 천천히 몇 모금 마셨다. 항암 치료를 받으면서 입
안이 온통 헐어 물을 삼키기도 쉽지 않았다.

"느긋하게 하세요. 급할 것 없잖아요. 안 그래요?"

급할 것 없는 의사는 의자 등받이에 등을 기대면서 옆에
앉은 의사들을 쳐다봤지만, 아무 반응이 없었다. 다른 의

사들은 느긋하게 기다릴 여유가 없는 것이다.

"저는 디퓨전 공정에서 일했습니다. 반도체 원판인 웨이퍼를 세척하는 일을 했습니다."

"물로 웨이퍼를 닦는 겁니까?"

"아니죠. 여러 화학약품을 섞은 액체에 웨이퍼를 담갔다 뺐다 합니다."

"그걸 기계로 하지 않고 수작업으로 합니까? 반도체 공장은 전자동 시스템이 아닙니까?"

"아닙니다. 반도체 사업장에서 일하는 오퍼레이터들은 기계가 하지 못하는 일들을 직접 손으로 합니다."

"아……."

의자 등에 몸을 기댔던 의사는 책상 앞으로 몸을 바짝 붙이면서 나와 눈을 맞췄다.

"그런 작업을 일 년 구 개월 동안 했다고요?"

"네."

"아……."

의사는 고개를 갸웃거리면서 종이에 뭔가를 적었다. 의사의 머릿속에 반도체 사업장은 청정한 공간에서 첨단 기기가 척척 반도체를 만들어 내는 동안 먼지에 민감한 반도체 때문에 화장조차 하지 않은 열의에 찬 사원들이 행여나 인체에 해를 끼칠지 모르는 유해 물질을 막아 줄 방진복을 머리부터 발끝까지 뒤집어쓰고, 기기의 작동만 감독하는 곳으로 인식돼 있을 것이다. 정말 광고 사진 속의 그곳은 현실과 동떨어진 이상향처럼 보인다. 온통 환한 빛으로 가득 찬 그곳은 물건을 만드는 공장이 아니라 미래 유토피아를 창조하는 장엄하고 신성한 사원과 같았다.

"박선혜 씨, 반도체 사업장은 청정 공간 아닙니까?"

안경 쓴 의사의 목소리가 방 안에 쩌렁쩌렁 울려 퍼졌다. 의사는 콧잔등에 걸쳐진 안경을 검지 끝으로 올리면서 나를 쳐다봤다. 안경 너머로 보이는 의사의 눈빛이 날카롭다. 나는 그 눈길을 피하지 않으면서 다시 물을 한 모금 마시고 대답했다.

"네, 그렇죠. 반도체는 아주 작은 먼지에도 민감해서 청정하게 유지해야 합니다. 그곳은 사람을 위한 곳이 아니라 반도체를 위한 곳입니다."

일 년 열두 달 23도를 유지하는 것도, 먼지와 정전기를 막아 주는 방진복을 입는 것도, 드나들 때 에어샤워를 하는 것도 다 반도체를 위한 것이다. 세상 어느 곳보다 청정한 그곳에서는 입에 붙지 않는 낯선 이름의 여러 화학약품이 쓰이고, 간혹 지독한 냄새의 가스가 새기도 했다. 나는 그 청정한 공간에서 종일 화학약품이 담긴 수조에 웨이퍼를 담갔다 뺐다 하며 진땀을 뺐다. 나도 그 일이 나를 죽음

앞으로 끌고 갈 줄은 꿈에도 생각하지 못했다. 나는 청정하고 안전한 사업장이라고 자부하던 회사를 믿었다. 지금 내 앞에 앉아 있는 의사들처럼.

"그러니까 박선혜 씨 말은…….."

"저, 질문은 그만해도 될 것 같은데요. 마냥 시간을 끌 수는 없잖습니까? 위원장님 좀 빨리 진행해 주십시오."

안경 쓴 의사 말에 끼어든 사람은 아까부터 힐끔힐끔 손목시계를 들여다보던 대머리 의사다. 안경 쓴 의사는 불쾌한 듯 눈살을 찌푸리고 입을 다물었다. 옆 사람이 그러거나 말거나 시간이 없는 바쁜 의사는 엉덩이를 살짝 들고 앞으로 몸을 기울여 끄트머리에 앉아 있는 나이 든 의사를 쳐다봤다.

"위원장님!"

"아, 예."

나이 든 의사는 졸다 깬 사람처럼 눈이 게슴츠레하다. 그는 공단 직원들과 의사들의 시선을 한 몸에 받게 되자 엉거주춤 일어서서 나를 힐끔 보고는 말을 이었다.

"예, 오늘 반도체 사업장 산재 자문의 협의회는 끝으로 산재 신청자 박선혜 씨의 최후 진술을 듣고 마무리 짓겠습니다. 박선혜 씨!"

"네."

"최후 진술 해 주세요."

"……."

온몸에 소름이 오소소 돋았다. 머리에 머리카락이 남아 있었다면 쭈뼛 곤두섰을 것이다.

최. 후. 진. 술.

나는 속으로 그 말을 되씹어 봤다. 그건 말이 아니라 시위를 떠나 허공을 가르고 매섭게 날아든 화살이었다. 그 화살은 내 가슴을 뚫고 심장에 박혔다. 정말 가슴이 뻐근하게 아팠다. 백혈병을 앓으면서 죽음은 늘 코앞에 와 있었다. 느닷없이 몸 상태가 나빠져 응급실에 실려 갈 적마다 이게 끝이구나, 아침에 눈뜰 때마다 아직 살아 있구나. 삶과 죽음이 손바닥 뒤집듯이 순식간에 일어날 거라는 걸 예감하고 있었다. 그리고 내 죽음이 얼마나 허망할지 짐작하고 있었다. 중환자실에서 거친 숨을 내쉬다 죽은 김 아무개나, 신호등 빨간불이 점멸하는 걸 보고 성급하게 건널목에 뛰어들어 차에 치여 죽은 이 아무개나, 마른하늘에 내리친 벼락을 맞아 즉사한 아무개 스튜어트나 수영장에서 미끄러져 뇌진탕으로 죽은 아무개 잭슨처럼.

뜻하지 않은 날에 전혀 생각지도 않은 모습으로 세상에서 퇴장할 거라는 걸 안다. 그러니 너는 얼마나 다행이냐? 최후 진술이라도 할 시간을 주지 않느냐? 웃기고 있네. 내

삶과 전혀 상관없던 의사들이 내 최후를 듣겠다며 뻔뻔하게 머리를 쳐들고 앉아 있다니. 나는 욕이 튀어나오는 걸 꾹 참았다.

하기 싫어도 해야 했다. 내 눈앞에 닥친 죽음이 내 운명이라든가 내 과실이 아니라는 걸 내 입으로 밝혀야 한다. 나는 가방에서 진술서를 꺼냈다. 동생 컴퓨터 앞에 앉아 한 자 한 자 나무판에 새기듯이 쓴 글씨가 까만 점처럼 뭉개져 보였다. 눈시울이 뜨거워졌다. 나는 눈물을 떨어뜨리지 않으려고 눈에 힘을 주고 진술서를 노려봤다.

"박선혜 씨! 지금, 시간이 없어요……."

나는 고개를 들지 않고도 그 말을 한 의사가 누구인지 알 수 있었다. 시간이 없는 그에게 남은 시간과 시간이 많은 나에게 남은 시간, 어떤 시간이 더 길까. 나는 고작 스무 해하고 2년을 더 살았을 뿐인데, 정말 내 진술서가 최후의 진술서가 될지도 모른다.

나는 또박또박 진술서를 읽어 내려갔다.

"저는 2004년 10월 4일에 기흥에 있는 반도체 회사에 입사해 일 년 구 개월 동안 디퓨전 공정에서 일하던 중 급성 골수성백혈병에 걸려 투병 중입니다. 저는 회사에 들어가기 전까지 무척 건강했습니다. 감기도 잘 걸리지 않았으니까요. 저는 제 병이 제가 열심히 일한 사업장에서 생긴 거라고 생각합니다. 제가 날마다 웨이퍼를 세척한 화학약품이 제 뼈를, 제 육체를 갉아먹었다고 확신합니다. 회사에서는 아무 문제 없다고 하지만, 함께 일하던 언니들이 유산하거나 생리 불순을 겪는 걸 보아 왔습니다.

저는 고등학교 졸업하자마자 회사에 들어가 웨이퍼를 닦은 일밖에 한 게 없습니다. 저도 하고 싶은 일이 많습니다. 그렇지만, 이제는 제가 살아서 하고 싶은 일을 할 수 있을지 모르겠습니다. 지난 일 년 동안 수천만 원의 병원비를 썼지만, 제 병은 크게 나아지지 않았습니다. 그렇다고 해서 저는 직업병이 절대 아니라고 우기는 회사도, 제 말보다 회사 말을 더 믿어 주는 근로복지공단도 원망하지 않습니다. 다만 저는 시간을 되돌릴 수 있다면……."

나는 더 읽어 내려가지 못했다. 울지 않으려고 이를 악물었는데, 왈칵 눈물이 쏟아졌다. 나는 얼른 손등으로 눈물을 훔치고 고개를 들었다. 의사들은 무표정한 얼굴로 나를 쳐다봤다. 나는 최후 진술서를 책상에 가만히 내려놓았다. 그리고 담담하게 말했다.

"저는 시간을 되돌릴 수만 있다면 당신들 앞에 죄인처럼 앉아 이따위의 최후 진술을 하지 않았을 겁니다."

진심이었다. 나는 진술서를 더 읽지 않았다. 내가 마지막으로 하고 싶었던 말을 그들한테 하지 않을 것이다. 절대로.

나는 살아 있다. 이 더위에!

여름은 지독하게 길었다. 수명이 백억 년쯤 된다는 태양은 절반을 소모하고도 아직 건재하다는 것을 여름 내내 과시했다. 기상청에서 백 년 만의 더위라든가, 80년 만의 가뭄이라든가 하면서 태양의 위력을 평가하지 않더라도 태양의 맹렬한 기세는 대단했다. 한낮 햇발에 뜨겁게 달궈진 땅은 해가 떨어진 뒤에도 식지 않고 열기를 뿜어내, 밤이면 세상은 축축하고 뜨거운 공기로 가득 찬 거대한 비닐하우스 같았다. 뉴스 화면에는 하루도 빠짐없이 열대야를 피해 어두컴컴한 강 둔치에 삼삼오오 모여 앉은 사람들이나, 쇼핑센터를 어슬렁거리는 사람들이 나왔다. 낮에 더위에 쫓긴 사람들은 밤에도 안식을 얻지 못하고 좀비처럼 떠돌아다녔다.

여름이면 피복선이 벗겨져 청테이프를 꽁꽁 감아 놓은 낡은 선풍기 하나 가지고 안방으로 건넛방으로 마루로 옮겨 다니는 우리 집에서도 안식을 얻을 수 없었다. 그나마 낡은 선풍기도 쓴 지 오래되었다. 지난해 고단하게 날개를 돌린 흔적으로 날개 귀서리마다 검부러기를 매달고 있는 선풍기는 마루 한쪽에 방치되어 있었다. 엄마는 선풍기를 돌리기는커녕 밤이면 두꺼운 솜이불을 꺼내 덮었다. 여름에는 허리를 수그리면 볼품없이 축 처진 가슴이 다 보이는 목 늘어진 티셔츠를 입고 선풍기 앞에 앉아서도 손부채질을 하다가 그래도 열이 식지 않으면 목욕탕에 쪼그리고 앉아 찬물을 끼었으면서 갱년기를 탓하던 엄마는 백 년 만의 이 더위에 봄까지 줄창 덮던 솜이불을 그대로 덮었다. 밤마다 술 냄새를 풍기면서 들어오는 아빠는 솜이불을 뒤집어쓰고 누워 있는 엄마를 보면 버럭 성을 내면서 "삼복더위에 쪄 죽으려고 하냐?"며 솜이불을 발로 걷어치웠다가, "죽는 게 그렇게 쉽더냐?" 힘없이 되묻는 엄마 말에 아무 대꾸 없이 마루에 요를 깔고 누웠다. 술기운에 얼굴이 벌겋게 달아오른 아빠는 머리맡에 놓여 있는 선풍기를 돌릴 생각을 하지 않았다. 솜이불을 덮고 자는 엄마나, 선풍기 아래서 땀 흘리며 자는 아빠나 지독한 더위를 형벌로 받아들이는 수인 같았다. 나도 선뜻 선풍기를 내 방으로 들고 올 수 없었다. 살아남은 사람은 모두 죄인이었다.

언니 장례식을 치르는 동안 엄마는 놀라울 만큼 태연했다. 사흘 내내 밥알 한 톨 입에 넣지 않고도 꼿꼿하게 앉아 조문객을 맞았다. 입관할 때도 엄마는 침착했다. 아이처럼 쪼그라든 언니가 몸에 맞지 않는 커다란 수의를 입고 누워 있는 걸 보자마자 아빠와 내가 가슴을 쥐어뜯으면서 통곡할 때도 엄마는 잠든 언니에게 하듯 얼굴을 쓰다듬었고, 검은 입안에 낟알을 넣어 주면서도 눈물만 흘릴 뿐 소리 내어 울지 않았다. 사흘 내내 입을 앙다물고 허공을 노려보듯 응시하던 엄마는 자식을 잃어 슬픔에 빠진 어미가 아니라, 싸움판에 불려 나갈 싸움꾼처럼 보였다. 아니, 엄마는 내내 싸웠다. 언니 회사에서 보낸 조화를 장례식 바닥에 내동댕이쳐 발로 짓이겼고, 회사에서 온 조문객은 장례식장에 발도 못 붙이게 했다. 또 엄마가 다니던 교회에서 교인들이 장로라는 사람을 앞세우고 추모 예배를 보러 와서는, "너무 상심하지 마셔라, 분명 아버지 하나님이 아끼셔서 일찍 데려가신 것이다. 그동안 교회에 열심히 나오셨으니, 따님은 천사들의 나팔 소리를 들으면서 천국으로 갔을 것이다."라고 하자 엄마는 낮은 목소리로 말했다.

"됐어요."

"네?"

"됐다고요! 왜 내가 거기 기를 쓰고 다녔는데요, 우리 딸 살려 달라고, 기도만 하면 뭐든 다 이뤄 주시는 대단한 분이라니까 우리 딸도 살려 달라고 제발 살려 달라고 그렇게 빌었는데……. 천국이 어디 있고, 천사 나팔이 어디 있대요? 시퍼런 자식 죽었는데 천사 나팔 소리는 빌어먹을!"

엄마의 날 선 목소리는 장례식장의 무거운 공기를 단박에 가르고 헤집어 놓았다. 느닷없이 당한 아버지 하나님의 자식들은 언짢은 기색을 감추지 않고 수군덕거리다 줄줄이 장례식장을 빠져나갔다. 예수를 배신한 유다처럼 엄마는 하나님을 부정하고, 예배를 거부했다. 그리고 다시는 교회에 나가지 않았다.

세상에서 영원히 소멸한 언니의 흔적을 담은 작은 항아리를 품에 안고도 굳세게 버티던 엄마는 집 대문 앞에서 완전히 무너져 내렸다. 녹이 슬어 뻑뻑한 대문이 잘 열리지 않자 엄마는 늘 하던 대로 발로 뻥 차지 않고 주먹으로 대문을 두드리면서 악을 썼다.

"이눔의 망할 눔의 대문, 우리 선혜가 이 문 열려다 앞으로 고꾸라져서……. 징글징글하게 이걸 여태 안 고치고! 이제 우리 선혜는 이 대문을 다시는 못 넘을 텐데, 우리 딸 선혜는 이제 다시는……."

엄마는 대문 문고리를 붙잡고 통곡했다. 모르는 사람이 지나가다 봤다면 억울하게 집을 빼앗긴 사람이 패악을 떠는 것처럼 보였을지 모른다. 엄마가 양 주먹으로 대문을 거칠게 두드릴 때마다 퍽석퍽석 녹슨 대문에서는 우수수 붉은 철 조각이 떨어졌다. 30년을 버틴 대문도 소멸하고 있었던 것이다. 그래도 너는 아직 이리 팔팔하게 살아 있지 않으냐? 우리 딸보다 더 오래 살아 있지 않으냐? 금쪽 같은 내 자식은 죽었는데, 너는 제 고집 다 부리면서 살아 있지 않으냐? 대문 앞에 주저앉은 엄마는 땅을 치며 통곡했다.

그날 이후로 엄마는 집 안 곳곳에 남겨진 언니의 흔적과 마주할 때마다 가슴을 치며 울었다. 여름이 시작되고, 가뭄으로 메마른 땅이 쩍쩍 갈라지고, 깊은 강이 바닥을 드러내는 마당에 엄마의 눈물은 마르지 않았다.

"돈 벌어서 제힘으로 대학에 가겠다고 그 고생을 하면서도 말 한마디 안 하고……. 멀쩡한 애 데려다 병들게 하는 회산 줄 알았으면 내가 거길 안 보냈지. 우리 네 식구 다 굶어 죽어도 안 보냈지."

길고 긴 울음 끝에는 늘 똑같은 넋두리가 붙었다. 엄마 기억 속의 언니는 병을 앓고 있는 환자 박선혜였다. 일하다가 얻은 병 때문에 서서히 죽어 간 불쌍한 딸. 일만 하다가 하고 싶은 건 해 보지도 못하고 너무 이른 나이에 죽은 가여운 딸. 엄마는 그 딸을 놓지 못했다. 장례식 때 엄마가 태연할 수 있었던 것은 언니의 죽음을 인정하지 않아서였다. 엄마는 하루하루 언니의 부재를 깨달아 가면서 고통스러워했다.

나는 방학이 되자마자 지하철역 앞 편의점에서 다시 아

르바이트를 시작했다. 언니가 앓으면서부터 건강한 세 식구는 열심히 벌었지만, 수술비와 병원비를 감당하기 어려웠다. 아빠는 집을 담보로 빚을 냈고, 그 빚을 갚으려면 아빠가 연장통을 들고 얼마나 많은 보일러를 놓고 고쳐야 하는지, 엄마는 설렁탕집에서 얼마나 많은 그릇을 나르고 씻어야 하는지 알 수 없었다. 나는 편의점 아르바이트 시간을 세 시간 더 연장했다.

전철역 앞이라고는 해도 한낮의 편의점은 한가했다. 밝을녘에 돈벌이를 하는 이들은 인근 도시로 종종걸음 치며 떠나고, 아이들은 학원으로 피시방으로 몰려 들어가고 나면 읍내에는 머리가 하얗게 센 노인들만 낮곁을 쓸고 다녔다. 노인들은 편의점을 '도둑놈'이라고 손가락질했다. 슈퍼마켓에서 990원 하는 소주를 편의점에서 1,300원 받는 걸 두고 하는 말이었다.

편의점에 돈 벌어 주는 사람은 읍내에서 멀지 않은 곳에 있는 전문대학 학생들이었다. 그곳 학생들은 아침에 전철을 타고 도시에서 밀물처럼 밀려들었다가 해거름 때 썰물처럼 도시로 빠져나가면서 편의점에 들렀다. 하지만 방학이 시작되면 그들은 읍내에 그림자도 비치지 않았다. 그래도 날씨가 더워지면서 음료수나 맥주가 잘 팔렸지만, 편의점 여러 개를 갖고 있다는 사장은 짬짬이 들러 매출을 맞춰 볼 때마다 낯빛이 거무튀튀해졌다.

"방학 때는 가게 문을 닫든지 해야지. 알바비도 안 나오니 원……."

"……."

"부모님은 괜찮으시냐? 너희 언니 신문에도 실렸더라. 봤니?"

"네……."

"세계적인 대기업이라는 데가 왜 그러는지. 언니 참 안 됐더라. 그 회사 다니다 병 얻어서 죽은 애들이 한둘이 아니라며?"

나는 사장 말을 건성으로 들으면서 막차가 들어오는 전철역을 쳐다봤다. 신문에 실린 언니는 엄마의 울음 섞인 넋두리를 그대로 옮겨 놓은 것 같았다. 나는 그런 언니가 낯설었다. 내가 아는 언니는 누구한테 동정받을 사람이 아니었다.

막차가 희부연 불빛을 앞세우며 떠났다.

오래전 언니하고 나는 옥상에 걸터앉아 기차가 달리는 걸 구경하곤 했다. 그때는 노란 불빛의 잔영만 남기고 우리가 닿을 수 없는 세상으로 사라져 버리는 기차를 보면 가슴속에 커다란 구멍이 생겨 그 속으로 바람이 드나드는 것 같았다.

"가슴이 간질간질해. 기차를 보면."

내 말에 옥상 난간에 걸터앉아 두 다리를 흔들거리며 아이스바를 아삭아삭 소리가 나도록 씹어 먹던 언니는 태연하게 말했다.

"그렇게 바람이 나는 거야."

"바람이 나? 누구하고?"

"바보야, 그런 바람 말고. 그냥 바람처럼 떠나고 싶은 거말이야."

"아……."

"나도 떠날 거야."

언니는 아이스바 막대기를 힘껏 휙 집어 던지면서 말했다. 나는 혀를 내밀어 손가락으로 흘러내린 아이스크림을 핥았다. 손가락을 핥는 동안에도 아이스크림은 자꾸 녹아서 손가락 다음에는 콘을 핥고, 다시 손가락, 콘, 손가락, 콘, 또 콘 반대편을 핥았다. 콘은 누글누글해지고, 손가락은 끈적이고. 나는 끈적이는 손가락을 빨면서 물었을 것이다.

"언제?"

"크면."

"얼마큼? 백육십 센티가 되면?"

"이 바보야, 키 얘기가 아냐. 고등학교만 졸업하면 독립할 거야."

그때 언니는 열세 살이었고, 나는 아홉 살이었다. 언니가 힘줘서 말한 '독립'이라는 말은 날카로운 얼음 조각처럼 내 머릿속에 박혔다. '독립'은 내가 들어 본 단어 중에 가장 짜릿했다. 그때부터 언니는 내 우상이었다. 나는 언니가 병마와 싸워 이기고, 회사의 사죄를 받아 낸 뒤 당당하게 완전히 독립한 인간으로 다시 세상에 돌아갈 줄 알았다. 이렇게 세상에 억울한 죽음으로 알려질 줄은 몰랐다. 나는 언니 기사가 실린 신문을 가방에 집어넣었다.

야간 타임 오빠가 쉰다고 해서 대신 나오기로 한 사장 와이프는 오기로 한 시간보다 한 시간이나 늦게 나타났다. 여자는 오자마자 계산대에 가방을 올려놓고는 가판대를 이리저리 오가면서 넬모레 슈퍼바이저가 점검 나오는데 가게 꼴이 왜 이리 어수선하냐며 수선을 떨었다. 나는 그러거나 말거나 열 시 넘어 폐기할 우유와 삼각김밥을 바구니에 담아 계산대 아래에 놓고는 옷을 갈아입었다. 여자는 카운터 금고를 열어 돈을 세다가 바구니에 들어 있는 삼각김밥 두 개하고 우유 하나를 내 앞에 내밀었다.

"수고했어. 이거 가져가서 먹어." 여자는 동정을 베푸는 사람의 자애로운 표정을 짓고 있었지만, 어차피 바구니에 든 우유나 김밥은 유통기한이 지나 폐기될 것들이라서 야간 타임을 맡은 오빠는 제 친구들하고 나눠 먹으면서 나한테도 꼭 몇 개씩 챙겨 줬다. 이것들처럼 사람들도 유통기한이 있다니까. 번듯한 회사에 취직해서 30년쯤 되는 유통기한 표식을 이마에 다는 게 꿈이라는 오빠는 3년째 유통기한이 지난 김밥으로 저녁을 때웠다. 나는 말없이 여자가 건넨 것을 받아 가방에 넣었다. 고맙다는 말을 기대했을 여자는 불쾌한 얼굴이었다.

"아, 참 부모님은 어떠셔? 신문에도 나왔다면서? 언니가 안되긴 했지만, 대기업을 이길 수 있겠어? 계란으로 바위 치기지. 확실한 증거가 없으면 회사야 책임이 없다고 발뺌할 텐데, 소송 걸어 봤자 없는 사람만 다친다니까……."

여자는 팔짱을 끼고 입을 삐죽거렸다. 편의점 앞에서 맥주를 나눠 마시다가 내가 맞네, 네놈이 잘못했네 드잡이를 하는 사람들을 보는 것처럼. 나는 입을 꾹 다물었다. 언니가 화학약품을 만지면서 일했는데, 달랑 천 마스크 하나 썼다니까요. 그런데 책임이 없어요? 락스로 목욕탕 청소하는 데도 문을 열어놓고 반드시 환기하라고 하는 판에 왜 증거가 없냐고 소리치고 싶었지만, 부질없는 짓이었다.

아빠도 그랬다. 내가 집에 들어선 지 얼마 안 되어서 녹슨 대문을 발로 차고 들어온 아빠는 마루 끝에 걸터앉아 중얼거렸다.

"다 부질없어. 우리 선혜가 죽은 마당에 그놈들한테 사과를 받아 봤자 뭐하냐고. 내 자식은 죽었는데, 그깟 산재 보상금 받아 뭐하냐고. 자식 목숨 팔아 돈이나 챙긴다고 손가락질이나 받지. 이 세상이 다 그렇다고."

아빠 얼굴은 땀범벅이었다. 아니 눈물이었는지도 모른다. 아빠 눈은 붉게 충혈되어 있었다. 나는 가만히 선풍기를 들어 아빠 뒤에 틀어 놓았다. 살아 있는 자식이 할 일이라고는 그것밖에 없었다. 선풍기는 부르르 떨다가 고분고분 날개를 돌렸다. 엄마는 텔레비전의 푸른빛만 번쩍이는 컴컴한 안방에서 나오지 않았다. 텔레비전 소리는 들리지 않았다. 엄마는 아빠 말을 듣고 있었고, 아빠도 그걸 알고 있었다.

"병철이 새끼가 뭐라는 줄 알아? 합의금으로 얼마나 받았냐는 거야. 지 조카가 죽었는데, 삼촌이란 놈이 겨우 한다는…… 천하의 나쁜 놈. 그게 할 말이야? 그래 봉투를 가져왔더라, 그래도 내가 안 받았다, 어떻게 그걸 받겠…… 그래도 그놈이 안 믿더라고. 그걸 동생 놈이라고…… 내가 절 어떻게 거뒀는데…… 이 형이 어떤 사람인데, 병원비도 드러워서 안 받겠다고…… 개놈의 새끼들. 다들 속으로 그러는 거 아냐? 자식 죽어 팔자 고치겠…… 개놈의 세상이 다 그런다니……."

아빠 말은 중간중간 딸꾹질에 잘려 나갔다. 아빠는 고개

를 푹 수그린 채 딸꾹질을 했다. 나는 부엌에서 컵에 물을
채워 가만히 아빠 옆에 놓았다. 살아 있는 자식이 할 수 있
는 일은 참 쉬웠다. 아빠는 옆에 놓인 물컵을 힐끗 보았지
만, 마시지 않았다. 나는 가만히 방으로 들어가 책상 앞에
앉았다. 그때 엄마 목소리가 들렸다.

"그만하고 들어와."

"뭐?"

"세상이 뭐라고 하든 나는 그놈들 가만두지 않을 거야."

아빠의 딸꾹질 소리가 멈췄다. 나도 숨을 죽였다.

"뭐라고?"

"내 자식 그렇게 둔 놈들 내가 가만두지 않을 거라고!"

"다 부질없다니까!"

"왜 부질없어. 우리 자식이 얼마나 살고 싶어 했는지 그
놈들한테 보여 줘야지. 그리고 내 자식 앞에 데려가 빌게
해야지."

엄마가 되돌아왔다. 나는 주춤주춤 마루로 나왔다. 엄마
는 목 늘어진 티셔츠를 입고 선풍기 앞에 앉았다. 아빠는
여전히 마루 끝에 걸터앉아 발아래만 보고 있었다.

"그래 봤자 소용없다니까."

아빠 목소리는 선풍기에 감겨 들어갈 만큼 작았다.

"해봐야지. 우리 딸도 했잖아. 그 아픈 몸으로 공단에 가

서 싸우고 왔잖아. 이것 좀 봐. 오늘 옷장 정리하다 보니까 선혜 가방에 이게 있는데…… 그 개놈의 새끼들 앞에서 우리 딸이 이걸 읽었더라고. 그놈들 앞에서 우리 딸이 이걸 읽으면서 얼마나……"

엄마는 울먹이면서 종이 뭉치를 아빠 쪽으로 내놓았다. 아빠는 운동화를 급히 벗어 놓고는 엉덩이를 밀면서 들어와 선풍기 바람에 풀럭대는 종이를 당겨 들었다. 아빠는 머리를 수그린 채 종이를 들여다봤다. 아빠가 종이를 한 장 한 장 넘길 때마다 엄마의 흐느끼는 소리가 커졌다. 엄마 울음소리에 선풍기가 추임새를 넣듯 덜컥덜컥 쇳소리를 냈다. 선풍기 소리를 묻은 건 아빠의 울음소리였다. 아빠는 종이를 얼굴에 비벼 대면서 어린아이처럼 소리 내어 울었다. 엄마는 아빠의 머리를 끌어안았다.

나는 울고 있는 부모를 놔두고 내 방으로 들어왔다. 남은 자식이 할 수 있는 게 더는 없었다. 나는 컴퓨터를 켰다. 그리고 내 컴퓨터 어딘가에 1년 동안이나 웅크리고 있었을 언니의 마지막 글을 찾았다.

진술서.

문서 파일 속에 언니가 남긴 파일이 있었다. 나는 파일을 열어 읽어 내려갔다. 한 자, 한 자 빼놓지 않으려고 눈을 크게 떴다. 그래도 자꾸 글씨가 흐릿하게 보였다. 하지만 마지막 한 줄은 또렷하게 내 눈에 들어왔다.

나는 살고 싶어 이 자리에 섰습니다. 정말 살고 싶습니다.

내내 참고 있던 울음이 터졌다. 내 발바닥에서 내 아랫배에서 내 가슴에서 올라온 울음은 꺼억꺼억 괴상한 소리가 되어 입으로 터져 나왔다. 어두운 방을 맴돌던 울음소리는 곧장 마루로 뛰쳐나갈 기세였다. 나는 책상 위에 올려놓은 삼각김밥을 풀어 입에 집어넣었다. 나는 팔팔하게 살아 있는 입에 꾸역꾸역 유통기한이 지난 김밥을 집어넣었다. 아무리 입을 틀어막아도 울음은 멈추지 않았다.

추락하는 것은 복근이 없다

허공을 가르며 날아간 고수의 오른발이 껌딱지의 어깨를 내리찍으면서 가슴을 밀어내고 돌쳐나오는 찰나 다시 왼발이 껌딱지의 정강이를 걷어찼다. 껌딱지는 속수무책으로 교실 바닥에 나동그라졌다. 양문 냉장고만큼이나 떡 벌어진 껌딱지의 어깨는 엄청난 소리를 내며 바닥을 내리쳤고, 어린아이 허리둘레보다 굵은 넓적다리는 번쩍 들려 삼선 슬리퍼가 벗겨진 발이 교실 천장을 가리켰다.

껌딱지의 추락이 몰고 온 파장은 대단했다. 물리적으로는 16번, 17번, 19번, 22번, 23번 사물함 문짝이 부서지면서 사물함 위에 놓여 있던 철쭉꽃 화분이 청소기 위에 떨어져 박살 나고, 청소기는 그 충격으로 몸통이 깨져, 파편이

가까이 있던 구경꾼의 다리에 상처를 입혔다.

하지만 눈에 보이는 파괴력은 별로 중요한 게 아니었다. 껌딱지가 교실 바닥에 내동댕이쳐진 순간 주변 아이들의 머리에 떠오른 것은 사물함 문짝은 어떻게 원상태로 복구하나, 설 자리를 잃은 철쭉꽃은 어디에 옮겨 심나, 청소기 작동은 정상적으로 되려나, 보건실에서는 군소리 없이 상처를 치료해 주려나 따위가 아니었다. 껌딱지가 수 분 동안 일어나지 못한 채 교실 바닥에 쭉 뻗어 있는 것을 본 아이나 전해 들은 아이나 한결같이 떠올린 것은 상창고등학교의 계보였다.

상창고등학교의 서열이 바뀌었다. 그것도 무림에 이름도 올리지 못하던 평민이 일순간에 무림 서열 1위에 오른 것이다. 방금 전까지 서열 1위였던 껌딱지는 초라한 퇴위식조차 치르지 못하고 교실 바닥에 뒹굴면서 서열 2위로 강등당한 사실을 인정하지 않으려 몸부림쳤다.

"씨발, 좆만 한 게. 어따 대고 개발질하고……."

껌딱지의 입에서 간신히 새어 나온 말은 마지막 퇴임사 같은 거였다. 서열 1위에 등극한 고수의 발바닥이 이번엔 껌딱지 얼굴을 후려쳤고, 껌딱지는 다시 교실 바닥에 엎어졌다.

"욕하지 말랬지."

새로운 짱은 욕을 싫어한다는 정보가 순식간에 상창고등학교 전교생에게 퍼져 나갔다. 2년 동안 상창고등학교의 무림을 쥐락펴락했던 껌딱지는 욕을 입에 달고 살았다. 싸움판에서도 껌딱지의 주무기는 욕설이었다. 껌딱지가 이죽거리면서 내뱉는 욕은 듣는 순간 오장육부가 확 뒤집어질 만큼 상스럽고 거칠고 선정적이라서 심신이 박약한 상대는 물리적인 공격을 받기도 전에 나가떨어졌다. 껌딱지라는 별명도 한쪽 입을 끌어 올리고 아래턱을 움직여 아래 어금니와 위 어금니를 딱딱 소리 나게 부딪치면서 준비 운동을 한 뒤 껌을 씹듯 엄청난 욕설을 아무렇지 않게 질겅대서 생긴 거였다.

　들리는 소문으로는 껌딱지가 아장아장 걸으면서부터 앵두보다 작은 입술로 툭하면 내뱉은 말이 '시발'이어서 껌딱지의 엄마는 엄마 소리도 잘 하지 못하는 아들이 신발을 안다고 호들갑을 떨었으나, 아들의 구강 구조가 점차 발달해 제대로 발음하게 된 뒤에야 '시발'은 발에 신는 것이 아니라 남을 발로 걷어찰 때나 쓰는 말이란 걸 알았다고 한다. 그러니까 껌딱지에게는 태초에 말이 있었던 것이 아니라 욕이 있었고, 그래서 말은 욕이고, 욕이 자신의 의사를 세상에 전하는 가장 편리하고도 적절한 수단이었다. 껌딱지의 부모는 아들의 말버릇이 아무래도 시장에서 생선 장사를 하는 자기네와 붙어 있으면서 길바닥에 돌아다니는 온갖 욕설을 주워들은 탓으로 여겨 생업을 바꿔 볼까도 하였다. 그렇지만, 그건 그저 마음뿐 아들이 서너 살이 되면서 가게 한 귀퉁이에 앉아 문방구에서 사 온 조악한 로봇 장난감을 만지작거리다 심사가 틀리면 옹알옹알 욕하는 걸 사는 게 그다지 재미있을 게 없는 손님들이 우스워하며 깔깔거리자 고등어에 소금을 뿌리면서, 동태 내장을 긁어내면서, 갈치를 토막 내면서 건성으로 아들의 말버릇을 혼냈다. 그러고는 저녁 밥상에 세 식구가 머리를 맞대고 앉아서는 낮에 한 욕을 복습시키며 손님들처럼 깔깔거리다가 허투루 "또 그렇게 욕하면 안 된다."고 다짐을 받았는데, 이때 이 맹랑한 어린 욕쟁이는 졸린 눈을 비벼 가면서 입에 밥숟가락을 문 채 "시발 개나 줘."라고 했다나.

껌딱지의 거친 입은 신체 성장과 함께 무르익어 열여덟 살에 이미 아무도 제압할 수 없는 경지에 올랐으니, 껌딱지가 지금껏 무림에서 독주할 수 있었던 힘은 욕이었다. 그런데 중학교 때 태권도 선수였다가 전국 대회에서 입은 치명적인 부상으로 선수 생활을 마감했다는 것만 알려진 이고수의 발길질에 무릎을 꿇으면서 욕의 힘은 위력을 잃어 갔다. 이고수는 껌딱지를 무너뜨린 뒤 상창고등학교 짱의 자리에 등극하지 않고 수능을 1년 앞둔 2학년의 고요하고도 지루한 일상생활 속 자신의 자리로 돌아갔지만, 한번 땅에 떨어진 껌딱지의 권위는 회복되지 않았다.

권세와 영화는 봄날 푸른 하늘 아래 눈부시게 흰 꽃봉오리를 터뜨렸다가 봄볕이 여물 무렵 누렇게 시들어 져 버리면서 땅바닥에 시꺼멓게 들러붙는 목련꽃처럼 덧없었다. 그래도 목련은 이듬해 봄이면 다시 꽃봉오리를 터뜨린다지만, 인간사는 그런 희망적인 윤회가 적용되지 않았다. 여름을 맞은 껌딱지의 얼굴은 누렇게 떠 있었고, 팽팽했던 근육은 서서히 줄어들어 무림에서 추락하는 자는 복근이 없다는 걸 증명하고 있었다. 권좌에서 끌려 내려온 껌딱지를 가장 먼저 배신한 건 측근들이었다. 오랫동안 껌딱지 그늘에서 숨죽이며 곱실거리던 이들은 이빨 빠진 호랑이, 아니 점성 빠진 껌딱지한테 가장 먼저 등을 돌렸다.

그날, 그러니까 별 볼 일 없는 하루하루가 이어지던 하루, 껌딱지는 놀이터에서 상호와 쭈쭈바를 먹고, 담배를 피우고, 다시 담배를 피우고, 침을 뱉고, 또 담배를 피우면서 시간을 죽이고 있었다. 날이 어찌나 더운지 미끄럼틀 쇳덩이들은 불에 달군 것처럼 뜨거웠고, 두꺼운 천으로 만들어진 그네 발판에서는 타는 냄새가 나는 것 같았다. 시소에 엉덩이를 걸치려던 껌딱지는 화들짝 놀라 물러났다.

"씨발, 엉덩이 익을 뻔했네. 더워도 오지게 더워서 뼈까지 누글누글 녹게 생겼다, 야. 시소를 불에 달궈지는 철판으로 만들면 어쩌라는 거야. 하긴 어린애들이 타는 그네를 불에 타는 천 쪼가리로 만든 거 봐라. 이런 걸 만든 놈들은 애들 상대로 돈이나 벌겠다는 속셈인 거야. 다들 돈에만 눈이 벌게서 세상에 제대로 돌아가는 게 하나도 없어요. 하나를 보면 열을 안다고 이런 것도 애들한테 배려를 하지 않는데, 애들이 올바르게 자랄 수 있겠냐?"

"동팔이 나오라고 할까?"

상호는 무의미한 욕지거리만 해 대는 껌딱지와 단둘이 여름방학의 하루를 쓰는 게 힘들었다. 마침 그들이 있는 놀이터는 동팔이로 불리다 똥파리가 된 동필이가 사는 아파트 단지 내에 있었다. 이 놀이터는 껌딱지 무리에게 똥파리놀이터로 통했다. 그러니 동필이는 호출만 하면 2분 내로 달려올 판이었다.

하지만 동필이는 상호의 다급한 격문을 받고 장장 30분 동안이나 묵묵부답이었다. 껌딱지가 한여름에는 똥파리 놈이 제철이라느니 어쩌느니 이기죽거릴 때 상호 휴대폰으로 날아온 동필이의 문자는 짧고 쉬웠다. 학원.

상호는 게임하느라 뜨겁게 달궈진 휴대폰을 어쩌지 못하는 듯 갈마쥐면서 껌딱지를 흘깃거렸다.

"똥파리가 언제부터 학원에 다녔냐?"

"그게 뭐, 이 학년이니까. 고딩 때는 이 학년 때 젤로 열심히 한다잖아?"

"뭘?"

"그게 나도 엄마가 영어 학원 끊으라고 해서⋯⋯."

"등신들 웃기고 자빠졌네. 고기 끊냐? 늬들은 학원 다닐 때도 끊고, 안 다닐 때도 끊냐? 잘들 끊어 봐라. 말 귓구멍에다 염불을 하는 거지."

껌딱지가 바닥에 뱉은 침을 발로 짓이기는 사이, 상호는 뭐라 대꾸를 하려다 그만두고 휴대폰을 한 손에 단단히 쥐고 하던 게임을 이어 했다. 그 순간 껌딱지는 깨달았다. 자신의 전성시대는 완전히 끝났음을. 커튼콜은커녕 박수도 없는 연극 무대에 선 채로 조명이 꺼지는 걸 바라보는 배우와, 홀로 인도에 서서 쌩쌩 달리는 차들을 향해 '지지해 줘서 고맙다.'고 허리 굽히는 낙선한 정치인의 비애감보다 더한 절망이 엄습했으나 이내 욕을 찍 내뱉으면서 떨쳐 냈다. 태평양 건너 어느 야구 선수가 이런 말을 했다지 않나.

'끝날 때까지 끝난 게 아니다!'

상호가 한 달에 40만 원이나 하는 영어 학원에 나가는 날, 만 원에 두 판이나 주는 피자집에서 배달을 시작한 껌딱지는 질펀한 싸움판이 벌어질 만한 곳을 찾아다녔다. 껌딱지가 눈여겨보고 있던 곳은 상가 뒤쪽에 있는 유료 주차장이었다. 점심을 챙겨 먹기에는 너무 늦었고, 저녁을 먹기에는 너무 이른 시각, 오후 4시 40분경 배달하는 아이들이 모여 담배를 나눠 피우며 시답잖은 얘기를 하는 틈틈이 쥐꼬리만 한 최저임금 5,580원도 제대로 안 챙겨 주면서 가지가지 다 하는 싸가지 없는 사장들을 흉볼 때, 껌딱지는 슬그머니 끼어들어 기회를 노렸다. 그러니까 피자 배달과 햄버거 배달의 라이더 실력을 은근히 비교하여 싸움을 붙이고, 그 싸움에 어물쩍 발을 집어넣어 바로 한 달 전까지만 해도 상창고등학교를 휘어잡은 무림 고수의 실력을 보여 주고자 했다.

그러나 싸움을 붙이는 것도 머리 좀 굴릴 줄 아는 녀석이나 하는 것이고, 머리는 안 되고 욕만 되는 껌딱지는 엉뚱하게 욕지거리를 했다가 오토바이 위에서 태어나 그 위에서 자랐다고 해도 과언이 아닌 놀라운 라이더 기술을 보유한, 배달 경력이 3년 6개월하고 열흘이 된 1학년과 한밤중 레이스를 펼쳤다가 무참히 패배했다. 껌딱지의 우격다짐에 마지못해 구경 나왔던 상호는, 허옇게 질린 얼굴로 염병 오토바이를 어디서 다 망가진 거 사 와서 배달을 시키냐며 제 덩치 반밖에 안 되는 오토바이를 끌고 걸어오는 껌딱지를 보고 혀를 찼다.

"힘도 못 쓰는 게 오토바이도 못 타고 뭐 하나 잘하는 게 없어…….”

껌딱지는 제대로 된 오토바이로 설욕하겠다고 주먹을 불끈 쥐었지만, 상호는 그 여름밤의 레이스가 껌딱지가 겪을 무수한 치욕 중 하나가 될 거라고 예감했다. 사실 껌딱지의 싸움 실력은 거친 입담에 한참 못 미쳤다. 얼핏 허우대만 보면 당장 이종격투기장에 들어가도 될 판이지만, 검은 티셔츠 안에 감춰진 실체는 빈약했다. 두꺼운 목을 받치고 있는 어깨 근육은 뭉쳐진 살에 지나지 않았고, 양어깨를 타고 내려온 두툼한 팔에는 운동 좀 하는 중학생들도 생긴다는 이두박근 삼두박근은 찾을래야 찾을 수 없었고, 남자 노릇 하려면 제대로 관리해야 한다는 허리는 내장 비만을 의심할 만한 배를 지탱하느라 자주 삐끗거렸다. 껌딱지가 이고수의 발차기에 무기력하게 넘어진 건 우연이 아니라 필연이라는 걸 껌딱지 자신은 몰랐겠지만, 중학교 때부터 내내 옆에서 붙어 지낸 상호는 알고 있었다. 그래도 껌딱지는 포기하지 않았다. 끝나기 전까지는 끝난 게 아니라는, 개구리 낯짝에 물 붓는 소리를 믿고 마지막 수단으로 그동안 소홀했던 자신의 세력을 끌어모아 재도약을 꿈꿨다.

껌딱지는 방학 마지막 날, 상호를 시키지 않고 친히 자신의 똘마니라고 자처했던 이들에게 문자를 보냈다.

'6시 대패삼겹살'

껌딱지는 자신이 보낸 문자가 아무래도 힘이 빠진 것 같
아 '씨발 안 오면 죽는다.'라고 썼다가 아무래도 너무 강압
적인 것 같아 지우고는, 아니 그래도 명색이 껌딱지가 욕
한마디 넣지 않으면 안 된다 싶어 다시 썼다가 아니 지우다
가 그만 엉뚱하게 '씨발 안 죽는다.'라고 보내고 말았다. 방
학 내내 궁색한 핑계로 껌딱지를 피해 다니던 아이들은 난
데없는 문자를 받고는 저희들끼리 '안 죽는다'의 의미가
뭔지 파악하려고 애쓰다가 상호를 낀 대표단 넷을 대패삼
겹살집으로 내보내 껌딱지의 동향을 살피기로 했다.

대패삼겹살집 문 앞에 서 있던 껌딱지는 네 명만 쭈뼛거
리며 오는 것을 보고는 실망한 기색이 역력했으나, 곧 평
정심을 되찾고 의연하게 아이들을 가게로 끌고 들어갔다.

껌딱지는 1인분에 2,900원 하는 대패삼겹살을 잘 달궈
진 불판에 올려놓으면서 지난여름 너희가 저지른 잘못도
대패로 깎아 내듯 사하여 주겠다는 말을 하려는데, 아이들
은 옆 테이블에서 종이처럼 얇은 삼겹살이 오그라드는 걸
처음 보기라도 한 듯 호들갑을 떠는 여자아이들한테 눈을
떼지 못했다. 뒤집고 말고 할 것도 없이 불길만 닿으면 단
백질이고 지방이고 투명하게 익어 버리는 얇디얇은 삼겹
살을 몇 번 씹어 꿀꺽 삼키며 며칠 동안 작정한 말을 내뱉

으려던 껌딱지는 소란스러운 옆 테이블이 거슬려 늘 그러 듯이 저도 모르게 욕이 튀어나왔다.

"씨발, 삼겹살 먹는 아가리, 떠드는 아가리가 따로 있나?"

껌딱지의 말을 들은 여자아이들은 입을 꾹 다물었다. 여자아이들은 저희끼리 눈을 마주치면서 입을 삐죽거렸다. 껌딱지는 무심코 옆 테이블에 시선을 돌렸다가 여자아이들 틈바구니에 앉아 있는 사내 녀석과 눈이 마주쳤다. 껌딱지를 노려보는 녀석의 눈빛은 날카로웠지만, 껌딱지는 물론이거니와 여자아이들을 힐끔대던 네 명도 눈치채지 못했다. 상호는 사내 녀석과 눈빛이 스쳤지만, 방학 내내 어두컴컴한 독서실과 학원을 오가며 책만 들여다본 것처럼 희멀건 얼굴을 보고는 안심했다. 비록 화려한 시절은 갔다고는 하나 상대는 동네 무림 세계의 영욕을 온몸으로 겪은 껌딱지가 아닌가? 상호는 껌딱지가 곰 같은 몸을 둥글게 말고 상추에 삼겹살과 마늘을 싸서는 옆 테이블 보란 듯이 입을 쩍 벌려 집어넣고 우적우적 씹는 걸 바라보면서 든든하기까지 했다. 부자는 망해도 3년 먹을 것이 있다고 하듯이 상창고등학교 짱이었던 껌딱지도 졸업할 때까지는 과거 명성에 기대 무참히 무너지지는 않으리라, 상호가 그리 바라고 있을 때 껌딱지는 콜라를 한 잔 들이켠 뒤 꺼억 트림을 하면서 큰 목소리로 말했다.

"어디서 좆만 한 것들이……."

그건 옆 테이블은 물론 대패삼겹살집을 거의 점거하다시피 한 머리에 피도 안 마른 아이들에게 던지는 경고였다. 상호와 그 패거리는 오랜만에 어깨에 힘을 주고 잘 구워진 삼겹살을 주워 먹었다. 그중 하나는 방학 동안 껌딱지에게 소홀했던 것을 진심으로 반성하며 자진해서 불판에 연신 고기를 올리고 뒤집어, 가장 두툼한 고기를 껌딱지 앞에 놓인 파무침 그릇에 살포시 올려놓았다. 껌딱지는 여름 내내 지독한 더위에 얹혀 끈끈하게 엉겨 붙어 있던 자괴감을 활짝 열려 있는 모공으로 땀과 함께 배출했다. 껌딱지는 땀과 돼지기름으로 번들거리는 얼굴과 목덜미를 물수건으로 거침없이 닦고는 큰 소리로 외쳤다.

"사장님! 여기 오 인분 추가요!"

껌딱지는 애들한테 그동안 얻어먹은 걸 생각해서라도 오늘 제대로 푸지게 먹일 참이었다. 자신을 바라보는 똘마니들의 눈빛이 다시 애틋하게 살아나는 걸 보고 있자니 피자 배달해서 모아 둔 돈을 다 쓴다 한들 아깝지 않았다. 아니 자기 살점을 뜯어서라도 굽고 싶은 심정이었다.

콜라와 사이다를 두 병씩 추가로 주문하고는 화장실에 간 껌딱지는 자꾸 콧노래가 나왔다. 변기 앞에 서서 엉덩이를 사정없이 흔들어 대는 걸그룹의 노래를 흥얼거리던 껌딱지는 바지 지퍼를 올리고는 엉덩이를 슬쩍 한쪽으로 튕기기까지 했다. 흥이 오른 껌딱지는 화장실 문 앞에 서 있는 희멀건 사내 녀석을 보고는 슬쩍 웃어 보였다.

하지만 화장실로 들어가는 좁은 통로를 막고 선 사내 녀석의 눈빛이 심상치 않았다. 녀석은 매섭게 껌딱지를 노려 봤다. 껌딱지는 그제야 귓속에서 맴돌던 걸그룹의 음악 소리를 떨쳐 버렸다. 화장실 외벽에 매달려 있는 에어컨 실외기의 요란한 소리가 윙윙 울려 댔다. 껌딱지는 목덜미를 타고 내려오는 땀을 손바닥으로 쓰윽 닦으며 최대한 낮은 목소리로 물었다.

"뭐냐?"

"너, 사과해라!"

사내 녀석은 한쪽 다리를 껌딱지 쪽으로 반 보쯤 내밀었다. 원하는 것을 얻을 때까지 절대로 물러서지 않겠다는 의지의 소심한 표현이었다. 껌딱지는 비쩍 마른 녀석을 위아래로 훑으면서 천천히 윗니와 아랫니를 소리 나게 부딪치고는 침과 함께 걸쭉한 욕을 내뱉었다. 그래도 사내 녀석은 주눅 드는 기색이 보이지 않았다. 껌딱지는 정말 골치 아픈 일이라는 듯 마늘 냄새 섞인 한숨을 푹 내쉬고는 목소리를 더 깔았다.

"뭘?"

"너 아까 우리한테 욕했잖아."

껌딱지는 침착하게 안경을 추어올리는 사내 녀석이 바로 옆 테이블에 앉아 있던 녀석이라는 걸 그제야 알아봤다. 껌딱지는 최대한 요란하게 콧방귀를 뀌었다.

"욕? 뭔 욕? 아! 아가리?"

"사과해!"

"아가리가 욕이면 아가미는 뭐냐. 이 새끼가 뭘 사과하라는 거야? 내가 사과하면 너는 배할 거냐? 기가 막히고, 코가 막히네."

껌딱지는 느물거리면서 새끼손가락으로 왼쪽 귀를 쑤셨다. 정말 껌딱지는 귀가 가려웠다. 머리 위로 하루살이인지 깔따구인지 알 수 없는 것들이 부지런히 날아다녔는데, 그중 한 마리가 귀에 들어갔거나, 어쩌면 모기한테 물린 것일 수도 있겠다고 생각했다. 껌딱지가 화장실로 이어지는 타일 바닥에 알 수 없는 물이 고여 있으니 해충들이 모여 살 만도 하다는 짐작을 하기 직전, 안경을 받치고 있는 콧잔등에 땀이 송송 솟아 있는 녀석의 주먹이 다짜고짜 껌딱지의 얼굴로 날아들었다.

껌딱지는 화장실의 결투를 삼겹살을 먹느라 보지 못한

친구들에게 일방적인 싸움이었다고 설명했다.

"좆만 한 새끼가 앞뒤 가리지 않고 주먹을 내지르는데, 내가 그걸 맞고 있었겠냐? 옆으로 잽싸게 피하면서 왼손으로 녀석의 콧잔등을 으스러뜨렸지. 오른손은 귀를 후비고 있었길 망정이지 안 그랬으면 그 나약해 빠진 새끼 그 정도로 끝나지 않았을 거다. 뭐? 내 얼굴은 왜 그러냐고? 거기 화장실 들어가는 통로가 완전 개판이야. 물이 한강인데, 그 새끼한테 어퍼컷을 날리고 돌아서다 미끄러져서 벽에 얼굴을 콱 처박는 바람에 광대뼈를 다쳤잖냐. 근데 어퍼컷은 아래턱을 올려치는 거 아니냐고? 그래, 그러니까 내가 왼손으로 어퍼컷을 올려붙이고 앞으로 고꾸라지는 새끼의 코를 오른손으로 갈겼지. 간댕이가 부은 놈이지. 내가 누구인 줄 알고 들이대냐, 들이대길. 식당에서 에티켓 없이 떠들어서 조용히 좀 하라고 말했다고 주먹을 날려?"

껌딱지는 13인분의 대패삼겹살을 해치우느라 얼굴에 돼지기름 칠갑을 한 네 명을 세워 놓고 일명 '대패삼겹살 화장실 어퍼컷' 사건을 친절하게 설명하며, 부족하다 싶은 부분은 획획 입으로 주먹 날리는 소리를 내면서 재현해 보이기까지 했다. 상호는 껌딱지의 오른쪽 광대뼈에 도드라져 올라오는 시퍼런 멍이 마음에 걸렸으나, 이내 잊어버렸다. 설마 아무리 그래도 잔챙이한테 맞고 다니려고.

며칠 뒤 '대패삼겹살 화장실 어퍼컷' 사건이 학교를 발칵 뒤집어 놓았을 때, 유일한 증인으로 나선 상호는 껌딱지의 생생한 전투담을 기억해 내며 껌딱지의 과오를 증명했다. 껌딱지가 삐뚤빼뚤한 글씨로 쓴 사건 경위서를 들여다보는 학년 부장은 진지했다.

"그러니까 그날 거기 고깃집에서 최영진이가 서준성이를 일방적으로 팼다는 말이지."

"서준성이요?"

"그래, 삼 학년 삼 반 서준성이."

"누군지는 모르겠고, 아무튼 영진이가 묵사발을 냈다고 했어요."

"묵사발? 그래 코뼈가 부러졌더라. 근데 영진이가 때리는 걸 본 거야?"

"아니요. 우리가 본 건 아니고, 얘기만 들었어요."

"우리 누구?"

학생부 부장은 껌딱지가 사 준 대패삼겹살을 얻어먹은 나머지 세 명을 불러 진상을 캐물었지만, 상호와 똑같은 얘기뿐이었다. 학년 부장은 학생부에서 종일 반성문을 쓰고 앉아 있는 껌딱지의 머리통을 책으로 툭 내리쳤다.

"너 인마, 어쩔래? 서준성이 집에서 경찰서로 넘기겠다고 난리를 친다. 인마 싸워도 사람을 봐 가면서 싸워야 할 거 아냐? 왜 하필 그 녀석을 건드려 가지고……. 수능 얼마 남지 않은 수험생 코뼈를 부러뜨렸으니 어쩔래. 치료비 물어내는 걸로는 어림도 없게 생겼어."

껌딱지는 그때 막 "다시는 이런 일로 민패를 끼치는 일이 없도록 하겠습니다. 진심으로 죄송합니다."라는 문장에 마침표를 찍다가 치료비라는 말에 고개를 번쩍 들었다.

"제가 그걸 물어내요?"

"그럼 누가 물어내? 대패삼겹살집 사장이 힘 잘 쓰게 고기 처먹여 놓았다고 물어 주겠냐? 선후배지간에 주먹질로 교우애를 다졌다고 학교에서 물어 주겠냐?"

학년 부장이 내려놓았던 책을 껌딱지 머리 위로 높이 쳐들자 껌딱지가 얼른 몸을 앞으로 굽혔다.

"이 자식이."

"저, 걔가 그래요? 저보고 물어내라고?"

"걔? 걔가 아니라 서준성이 엄마가 교장실로 쳐들어가서 치료비 물어내고, 너도 당장 학교에서 쫓아내라고 하더라. 주먹 쓰는 깡패 같은 놈하고 자기 아들하고 한학교에 다닐 수 없다고."

껌딱지는 멍한 얼굴로 제가 쓴 반성문을 번갈아 보면서 중얼거렸다.

"씨발, 애들끼리 싸운 것 갖고 어른이 나서서 그러냐."

"뭐 씨발? 이눔의 자식이 그냥."

학년 부장은 껌딱지의 등짝을 후려쳤다.

"인마, 나이 열여덟이면 철들 때도 되지 않았냐? 너 언제까지 껌딱지로 살 거야. 어떻게 여태 싸움질이야. 너 일 학년 때도 사고 쳐서 치료비 물어 준 거 기억 안 나? 너네 부모님 오뎅 파셔서 네 쌈질 뒷돈 대 주느라 돈통에 돈이 남아나겠냐? 이번에는 한두 푼이 아냐, 인마. 싸움질하고 다니는 놈이면 코뼈 값이 얼마인 줄은 알아야 할 거 아냐?"

껌딱지 1학년 때 담임을 맡았던 학년 부장은 껌딱지가 같은 반 애 팔 부러뜨린 일로 한 학기 내내 화장실 청소를 시켰다. 껌딱지는 그때 물어 준 치료비가 얼마인지는 잊어도, 오줌버캐가 누렇게 낀 변기를 박박 닦아 낸 일은 잊으려야 잊을 수가 없었다. 껌딱지는 지금도 자신의 땀과 원망이 서려 있는 2층 화장실은 쳐다보지도 않는다.

"근데 정말 저보고 물어내래요?"

제 앞 반성문을 휙 채 가는 학년 부장을 빤히 올려다보는 껌딱지의 눈동자가 살짝 흔들렸다. 학년 부장은 대꾸 없이 반성문 다섯 장을 손가락 끝으로 팔락팔락 들춰 봤다.

"민패가 아니라 민폐! 으이구."

껌딱지는 학년 부장이 머리를 쥐어박는 데도 옴짝달싹

하지 않았다. 저무는 햇살이 실내까지 치고 들어와 가뜩이나 우락부락한 껌딱지의 얼굴에 짙은 음영을 만들어 냈다. 껌딱지는 쩍 벌리고 앉은 다리를 방정맞게 흔들면서 되물었다.

"걔, 아니 그 삼 학년이 얼마나 물어내라고……."

"그건 너희 담임이 네 부모님하고 할 얘기고. 왜? 너 방학 동안 알바했다면서 모아 놓은 돈 좀 되냐?"

"제가 갖고 있는 돈이 한 육십만 원. 일 학년 겨울방학 때도 알바한 게 있어서……."

학년 부장은 코웃음을 치면서 껌딱지의 어깨를 반성문으로 툭 쳤다.

"담임이 말하겠지만, 내일 부모님 모시고 와야 할 거다. 근데, 어머니 허리는 괜찮으시냐?"

껌딱지는 얼른 얼굴로 고개를 내저었다. 하루 종일 서서 일해야 하는 엄마의 허리는 여전히 안녕하지 않았다. 14년 동안 하루도 거르지 않고 좌판에 생선을 올려놓았던 껌딱지의 부모는 동네에 대형 마트가 들어선 뒤로 재래시장은 생선 가게만이 아니라 하다못해 고무 냄새나 풍기는 신발 가게까지 파리만 날리는 판국이 되자, 과감히 업종을 전환해 어묵 장사를 시작했다. 본래 의심이 많은 아버지는 생선 배나 가르던 사람이 어떻게 어묵 장사를 하느냐며 펄쩍 뛰었지만, 껍딱지 엄마는 멀쩡한 생선 파는 거나, 갈아 놓은 생선 튀겨 파는 거나 다를 게 없다면서 검정 비닐 앞치마를 벗어 버리고 급식실 영양사 같은 흰 가운을 입은 채 펄펄 끓는 기름통 앞에 섰다. 한 달 동안 전국을 돌아다니면서 어묵 만드는 걸 어깨너머로 배운 엄마는 '부산수산' 철 간판을 떼어 버리고 궁서체로 쓴 '부산어묵' 아크릴 간판을 내건 날부터 그럴듯하게 온갖 모양의 어묵을 튀겨 냈다.

"요즘 누가 오뎅이라고 해? 어묵이라고 해야지. 오뎅은 바다 건너 일본에서 하는 말이고. 내가 전국을 다니면서 보니까 재래시장에서 다른 장사는 다 망해 넘어가도, 어묵 장사는 끄떡없더라. 우리 쪽 어묵 재료 납품하는 사장 봐. 외제차 끌고 다니잖아. 생각해 보면 우리가 오뎅, 아니 어묵을 보통 많이 먹어? 옛날에 도시락 쌀 때는 어묵 없으면 반찬 할 게 없었지. 풋고추 넣고 볶아, 멸치 넣고 볶아, 고추장으로 볶아, 간장으로 볶아. 어디 볶기만 해? 탕 끓여 먹지, 김밥에 넣어 먹지, 요즘은 핫바라고 애들이 그냥도 잘 먹잖아."

껍딱지 엄마는 어묵 장사의 앞날이 탄탄대로일 거라 믿어 의심치 않았다. 어묵 장사를 시작한 날 그녀는 아들의 손을 꼭 잡고 네가 뭘 하든 뒷받침해 줄 테니까 걱정하지 말라고 했는데, 설마 그것이 남의 자식 병원비 물어 주는 일일 줄은 상상도 못 했을 것이다.

부모 중 누구라도 한 분 학교로 대동해야 하는 날 아침, 껌딱지는 1학년 때 팔 부러진 애 병원비를 치르던 엄마의 모습을 떠올렸다. 디스크 수술한 지 얼마 되지 않은 엄마는 복대를 한 채 학교로 달려와 담임한테 이마가 땅에 닿도록 고개를 숙였다. 그날 엄마는 교문 밖에 나서면서 오금을 박았다.

"너 엄마 성질 알지? 한 번은 봐줘도 두 번은 못 봐준다. 공부 않고 노는 것까지는 타고난 팔자려니 하지만, 주먹 쓰고 돌아다니는 꼴은 절대로 못 봐. 니가 학교에서 짱이라며? 그래 내가 짱 먹는 놈 엄마의 본때를 제대로 보여 줄 테니까 또 사고 쳐 봐."

어린 자식이 욕하는 걸 보고 깔깔 웃어 대던 너그러운 엄마는 세파를 헤쳐 나가면서 강철처럼 단단해져 바늘 하나 들어갈 틈이 없었다. 껌딱지는 엄마도 엄마지만, 껌딱지가 사고 칠 적마다 자식을 시장 바닥에서 키워서 영 몹쓸 것만 배웠다고 끌탕하며 없는 집안에서 태어나 기껏 시장판에서 장사나 하는 자신의 인생을 한탄하고 자책하는 아버지를 보는 게 더 괴로웠다.

껌딱지는 입이 쓰다면서 찬물에 밥 한 술 말아 먹고 런닝 위에 복대를 단단히 두르면서 가게 나갈 채비를 하는 엄마와 사지 육신이 쑤셔 대서 가을에는 보약이라도 한 첩 먹어야 하지 않겠느냐며 엄마 눈치를 살피는 아버지 앞에서 차마 입이 떨어지지 않았다.

며칠 전 교문 앞에서 엉겁결에 받은 학원 홍보 비닐 파일 하나 달랑 들어 있는 가방을 어깨에 걸치고 실내화 겸 실외화인 슬리퍼를 끌며 등굣길에 나선 껌딱지의 발걸음은 천근만근이었다. 등교하는 아이들이 보이자 허리를 꼿꼿하게 펴고 가슴을 앞으로 내미는 바람에 꼭 죄어서 간신히 여민 셔츠 앞단추 하나가 뚝 떨어져 나갔다. 껌딱지는 그 단추를 주워 들면서 뭔가 불길한 기운을 느끼고 있었다.

상호는 셔츠 단추를 세 개나 풀어서 메리야스가 슬쩍 보이는 껌딱지를 보고는 멈칫거렸다. 열불이 나는가 아침부터 왜 가슴을 풀어 헤쳤더냐. 상호는 행여 자신한테 불똥이 튈까 봐 거리를 두려는데, 껌딱지와 눈이 마주쳐 버렸다. 상호는 얼른 껌딱지 옆에 붙어 걸으면서 조심스럽게 입을 뗐다.

"뭐래?"

"뭘?"

껌딱지의 목소리는 여느 때와 다르게 차분했다. 다른 때 같았으며 욕 한마디가 따라왔을 텐데 껌딱지는 입을 꾹 다물고 지칫지칫 발걸음을 뗄 뿐이었다.

"들었어? 너한테 맞은 삼 학년 걔가 작년에 부회장이었다며. 걔가 원래 성질이 장난 아니라던데. 제 비위 건드리는 애들 있으면 작살을 냈다면서? 그런데 걔 엄마가 삼 년 내내 학교 운영위원이라서 선생들도 못 건드렸나 봐. 걔네 집안이 빵빵해서 걔네 엄마가 운영위원 중에서도 파워가 이거래."

상호는 오른손 엄지손가락을 들어 껌딱지 앞에 보여 줬다. 껌딱지는 피시방의 꼬질꼬질한 마우스 때에 전 누리끼리한 상호의 엄지를 물끄러미 보다가 고개를 돌렸다. 그래서 어쩌라고? 귀한 자식 건드렸으니까 진짜 학교라도 때려치우라고? 그런데 내가 왜? 내가 뭘 잘못했다고? 껌딱지는 튀어나오려는 말을 잘근잘근 씹어 침으로 퉤 내뱉었다. 상호는 과묵해진 껌딱지를 힐긋대면서 웅얼거렸다.

"아마 많이 물어 달라고 할 거야. 코뼈가 부러졌으니. 원래 있는 놈들이 돈도 더 밝히니까. 껌딱지 니가 일방적으로 때린 게 아니고 한두 대 좀 맞았으면 그래도 협상의 여지가 있겠지만……."

상호는 껌딱지가 침을 찍 내뱉고는 넙데데한 등짝을 보이며 앞서 나가자 말을 흐렸다.

껌딱지는 새파란 하늘을 올려다보면서 중얼거렸다.

"눈깔에 뵈는 게 없나……."

상호는 껌딱지가 시부렁대는 소리를 귀담아듣고는 교실에 들어서자마자 '대패삼겹살 화장실 어퍼컷' 사건이 어떻게 진척되고 있는지 궁금해하는 아이들을 모아 놓고 침을 튀겨 가며 말했다.

"껌딱지가 완전 돈 거지. 그쪽에서 물어 달라는 돈을 곱게 물어 주지 않을 작정인 거야. 하긴 껌딱지는 그러고도 남을 위인이야. 전력이 있거든. 일 학년 때 식판 들고 가는 애 발을 걸어서 팔을 부러뜨리고는 돈 안 물어 주려고 별별 협박을 다 했어. 그러다가 담임한테 걸려서 혼쭐이 났지. 껌딱지가 그때 일이라면 치를 떨어. 그러니 이번에는 학교를 때려치우더라도 못 물어낸다고 버틸 거야. 그래도 오기는 남아서……."

아이들은 상호가 흐지부지 삼킨 말을 뻔히 알고 있었다. 그래도 한때 짱 소리 들은 값을 하느라 발악하겠지. 아이들은 조회 시간에 껌딱지가 학생부로 불려 가자 복도 끝 학생부가 쓰는 상담실에서 한바탕 벌어질 야단법석을 기대하고 있었다.

하지만 학생부 부장은 껌딱지를 상담실이 아니라 2학년 교무실로 불렀다. 20년 동안 여러 학교 학생부를 거치면서 만만찮은 아이들과 산전수전 육탄전 육박전 다 겪었다는 노회한 부장은 푹신한 소파와 정물화 액자가 여기저기 걸려 있는 아늑한 상담실에서 다루면 안 되는 일이 뭔지 알고 있었다. 부장은 교무실 회의 탁자에 다리를 꼬고 앉아 앞에서 껌딱지를 슬쩍 올려다보고는 빳빳한 표지를 씌워 철을 해 놓은 학교생활기록부를 펼쳤다.

"부모님은 언제 오시냐?"

"저기 두 분 다 일을 하셔서……."

"자식 일보다 더 중한 일이 있어? 지금 전화해."

"그게 오실 수 없는 상황이라서……."

부장은 학생부를 소리 나게 덮고는 눈을 치켜떴다.

"최영진 너 장난해?"

부장의 날 선 목소리에 껌딱지는 움찔했다.

"피해자 부모가 당장 경찰서로 넘기겠다는 걸 너네 학년 부장님이 조용히 처리해 달라고 하도 사정해서 내가 시간을 끌고 있는 거야. 요새 폭력 사건은 학교에서 나설 필요가 없어. 가해자 피해자 합의 보고 합의금 보상하고, 안 되면 집어넣든지 어쩌든지 이게 경찰들이 할 일이지 교사가 할 일로 보여?"

"아뇨."

"아뇨? 그래 최영진, 그러지 않아도 내가 너 눈여겨보고 있었어. 애들 우르르 몰고 다니면서 거들먹거리더니 제대로 사고 칠 줄 알았다. 빨리 집에 연락해. 이번 일은 보상으로 끝나지 않을 거야. 폭력대책자치위원회에서 가해자한테 조치를 취할 거야. 빨리 전화해. 왜? 내가 직접 해?"

"선생님 그게……."

고개를 숙이고 있던 껌딱지는 슬쩍 주변을 둘러봤다. 선생님 대부분은 수업에 들어가고, 책상 앞에 앉아 있는 선생님은 두 명뿐이었다. 껌딱지는 마른침을 삼키고는 힘겹게 입을 뗐다.

"선생님, 그게 삼 학년 코를 제가 그렇게 한 게 아니고요."

"너 뭐라는 거야? 네가 그런 게 아니면? 너 사건 경위서에 싸움이 나서 다섯 대나 때렸다고 안 적었어?"

"사실은 그게 제가 때리려고 했는데 그 자식이, 아니 그 선배가 피했는데 제가 넘어지면서 선배도 넘어져서……."

"야, 최영진 알아듣게 말해."

껌딱지는 부장이 버럭 소리를 지르자 무르춤하며 입을 다물었다. 부장은 순간 욱하고 차올랐던 감정을 억누르느라 한숨을 내쉬었다. 곧 냉정을 되찾은 부장의 눈빛은 싸늘했다. 껌딱지는 입이 떨어지지 않았지만, 그래도 말해야 했다. 대패삼겹살 화장실에서 버티고 서 있던 녀석이 주먹을 날린 그날, 그 순간을.

껌딱지는 공부도 잘하고, 집안도 좋은데 성질머리는 고약한 그 서준성이한테 제대로 광대뼈를 가격당했다. 서준성은 보기와 다르게 주먹이 날카로웠다. 껌딱지는 광대뼈로 쇠망치가 날아온 것 같은 충격에 윗몸이 뒤로 젖혀졌다. 몸을 바로 하면서 반사적으로 껌딱지의 오른 주먹이 앞으로 쭉 나갔지만, 서준성은 날렵하게 허리를 오른쪽으로 비틀면서 피했다. 그러고는 다리를 번쩍 들어 껌딱지의 배를 걷어찼다. 발차기의 위력은 대단하지 않았어도 껌딱지는 중심을 잃고 휘청거렸다. 껌딱지는 어떻게든 몸을 지탱해 보려고 두 다리에 잔뜩 힘을 줬지만, 물기가 있는 바닥에 발이 미끄러지면서 앞으로 고꾸라졌다. 서준성은 거대한 곰이 앞으로 달려드는 것 같은 환시에 주춤대다 뒤늦게 뒷걸음질을 치면서 엉덩방아를 찧고 말았다. 이때까지 서준성의 엉덩이는 멍이 들었을지 몰라도 코는 멀쩡했다. 그러니까 서준성의 콧대를 가격한 건 껌딱지가 아니었다. 앞으로 넘어진 껌딱지는 육중한 몸을 일으키려고 버둥대다 서준성이 아니라 엉뚱하게 통로에 세워진 대걸레를 넘어뜨렸고, 그 대걸레는 공교롭게도 서준성의 얼굴로 달려들었다.

"그래서 네 말은 서준성이 대걸레에 다쳤다는 말이야?"

껌딱지의 지루한 설명을 들은 학생부 부장의 목소리에는 짜증이 섞여 있었다. 껌딱지는 다시 주변을 슬쩍 돌아보고는 기어들어 가는 목소리로 대답했다.

"네."

"그럼 너는 서준성이 한 대도 못 때렸고?"

"아니 못 때린 게 아니라 안 때린 건데……. 제가 상대가 안 되는 애들하고는 싸우지 않아서……."

"못 때렸든 안 때렸든, 그건 상관없잖아. 정말 너는 맞기만 한 거라고?"

부장은 껌딱지 눈을 뚫어지게 쳐다보면서 말을 이었다.

"최영진, 너 우리 학교 짱이라며 우쭐대고 다닌 걸 전교생이 다 아는데, 맞기만 했다고?"

"네. 저는 손도 못 댔는데, 대걸레 때문에……."

껌딱지는 머리가 흔들릴 정도로 고개를 세차게 끄덕였다. 부장은 빙싯 웃고는 단추가 떨어져 메리야스가 보이는 껌딱지 가슴을 손가락으로 꾹 밀쳤다. "최영진, 그 말을 누가 믿겠냐? 네 친구들도 다 네가 일방적으로 때렸다고 하잖아. 사내 녀석이 잘못했으면 당당하게 인정해야지, 대걸레한테 미루는 건 비겁하지 않냐?"

"그건 내가, 아니 제가 친구들한테 때렸다고 뻥친 거라……. 정말 서준성이한테도 물어보세요. 정말이에요. 저는 손도 안 댔어요."

"됐어. 네 얘기는 부모님 오시면 더 듣고, 부모님 아무나 한 분 전화번호 대."

부장은 껌딱지의 말을 자르고는 회의 탁자에 놓여 있는 전화기를 앞으로 당겼다. 껌딱지는 저도 모르게 전화기를 두 손으로 꼭 붙잡고 애원했다.

"정말 진실을 조사해 보시라니까요. 저 정말 거짓말 안 해요. 그리고 제가 싸움을 잘하는 게 아니라……. 일 학기 때도 저희 반에 좆만 한 새끼가 저를 때려눕히고……."

마음이 다급한 껌딱지는 자꾸 말을 더듬었다. 그는 자신을 한심하게 바라보는 학생부 부장에게 이렇게 말하고 싶은 거였다. 저는 이미 1학기 때 짱의 권좌에서 끌어내려져 근 석 달 동안 싸움다운 싸움을 하지 못하면서 실전 감각이 극심하게 떨어져 예상하지 못한 공격에 반격은 해 보지도 못하고 억울한 누명을 뒤집어썼습니다. 정말이라니까요. 껌딱지는 사력을 다해 진실을 밝히려고 했지만, 부장은 매정했다.

"빨리 전화번호 대!"

"선생님, 정말 제가 증인도 데려올 수 있다니까요."

"무슨 증인?"

"그게 제가 그러니까 에이……."

껌딱지는 붙잡고 있던 전화기를 확 밀쳐 내면서 몸을 돌려 교무실을 뛰쳐나갔다. 아주 순식간에 벌어진 일이라서 학생부 부장은 교무실 문으로 쿵쿵 달려 나가는 껌딱지를 입을 쩍 벌린 채 보고만 있었다.

껌딱지는 교무실에서 나와 복도 끝 교실로 달려갔다. 그런데 교실은 텅 비어 있었다. 어리둥절해서 교실 안을 두리번거리던 껌딱지는 1교시가 체육 시간이라는 걸 퍼뜩 깨닫고 운동장을 향해 달렸다. 4층에서 1층까지 계단을 서너 개씩 건너뛰며 내려온 껌딱지는 운동장을 바람처럼 가로질렀다. 반 아이들은 운동장 곳곳에 흩어져 배드민턴을 치고 있었다. 껌딱지는 셔틀콕을 주고받는 아이들 사이를 헤집고 다니면서 소리쳤다.

"이고수 어딨어! 이고수!"

껌딱지는 이고수를 애타게 찾으면서 짧은 인생 동안 익힌 모든 욕을 내뱉었다. 반 아이들은 마치 래퍼처럼 쉴 새 없이 욕을 하며 뛰는 껌딱지를 보고는 피식피식 웃어 댔다. 한 아이는 배드민턴 채를 빙빙 돌리면서 맞은편에 서 있는 애한테 입을 삐끔거렸다. 미쳤나 봐.

껌딱지는 정말 미치고 환장하고 팔짝 뛰고 있었다. 반 아이들은 껌딱지가 이고수한테 달려들어 다짜고짜 손목을 잡아 끌고 가는 까닭을 짐작하지 못했다. 피할 겨를도 없이 우악스러운 껌딱지 손에 잡아채여 끌려가는 이고수도 몰랐다. 껌딱지가 누구한테 욕을 퍼부어 대며 미친 듯이 달리고 있는지. 어디로 왜 달려가는지.

가방에

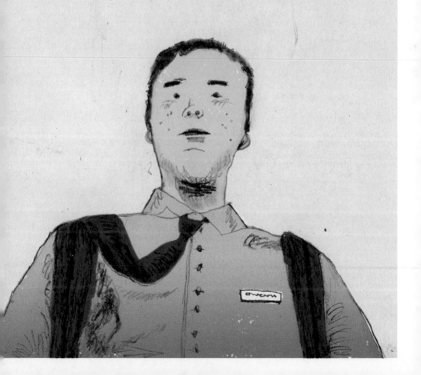

국어 선생님은 띄어쓰기의 중요성을 일깨우면서 이미 수십 년 동안 띄어쓰기 오류의 교본이 된 문장을 예로 들었다.

"아버지가 방에 들어가신다를 아버지 가방에 들어가신다라고 하면 얼마나 웃기겠냐?"

선생님 말이 떨어지자마자 민호가 시큰둥하게 내뱉었다.

"아버지께서 방에 들어가신다라고 해야죠. 그러면 아버지가 가방에 들어갈 일은 없을 텐데요."

민호 말에 아이들이 졸음 섞인 느른한 웃음소리를 내자 엎드려 자던 창일이 머리를 쳐들고 뒤를 돌아봤다. 창일은 입가에 뭉친 허연 침 자국을 손등으로 닦아 내면서 물었다.

"왜? 왜 웃어?"

"아버지 가방에 들어가셨다고."

내 짝 호영이 귀찮다는 듯이 대꾸했다.

"아버지가? 왜? 아니 아버지가 가방에 어떻게 들어가냐? 가방이 엑스라지냐?"

"됐어. 앞이나 봐!"

호영이 창일의 머리통을 손으로 밀었지만, 창일은 끈질겼다.

"근데 누구 아버지래? 가방에 들어간 게?"

선생님이 창일을 불러 "주무시고 일어나시더니 기운 나셔서 떠드시냐?"라고 면박 주지 않았더라면 나는 그만 이렇게 대답할 뻔했다.

"우리 아버지."

우리 아버지는 띄어쓰기 때문이 아니라 순전히 자신의 선택으로 가방에 들어갔다. 가방은 창일이 짐작한 대로 무척 컸고, 아버지는 몸을 요령껏 접을 줄 알았다. 아버지는 가방에 들어가기 전 양팔을 앞뒤로 돌리면서 심호흡을 했다. 준비운동인 셈이다. 아버지는 준비운동이 끝나면 가방에 들어가 선 뒤 천천히 쪼그려 앉아 오른쪽 어깨를 무릎 사이에 깊숙이 박고, 왼쪽 어깨는 45도로 비틀었다. 그리고 왼손으로 목을 감싸 안아 머리를 앞으로 당겨 수그리면서 말했다.

"가방 잘 잠가라."

나는 아버지가 시키는 대로 가방의 지퍼를 잠갔다. 처음 몇 번은 아버지 머리카락이나 옷이 끼어 애를 먹었는데, 갈수록 요령이 생겨 나중에는 아버지가 들어가 앉자마자 지퍼를 단박에 획 잠글 수 있게 되었다. 그리고 살아서 들어간 아버지가 죽어 나오는 일이 없도록, 가방 안이 보이지 않으면서 공기 순환은 가능하게 열어 놓는 방법도 터득했다.

아버지는 점점 민첩해지고, 나는 꽤 능수능란해졌다. 우리의 최고 기록은 8초! 우사인 볼트가 백 미터를 달리는 시간보다 빠르게 일을 마무리하게 되자, 아버지는 가방 안에서 이렇게 속삭였다.

"우리 이런 대회 나가면 우승하겠다."

나도 아주 잠깐 이 묘기를 수련해 기이한 재주를 뽐내는 방송 프로그램에 출연하면 어떨까 생각했다. 그렇지만 그건 불가능했다. 사람들 앞에서 아버지가 가방에 들어가는 게 창피하거나, 아버지가 들어 있는 가방 옆에 나 혼자 엉거주춤 서 있는 게 싫어서가 아니다. 만약 우리가 텔레비전에 나오면 아버지는 가방이 아니라 감옥에 들어갈 것이다. 그렇게 되면 아버지는 영영 가방에 들어가지 않아도 되고, 나는 1년 동안 갈고닦은 실력을 발휘할 기회를 잃게 된다. 그건 슬픈 일이다.

나는 긴박한 순간 지퍼를 잠그는 손의 미세한 떨림과 나를 바라보는 아버지의 간절한 눈빛이 좋았다. 그래서 아버지가 더 자주 가방에 들어가길 바랐다.

다행히 아버지에게 돈을 떼인 사람들은 하루가 멀다 하고 우리 집에 들이닥쳤고, 아버지에게 사기당한 사람들은 이틀이 멀다 하고 집 안을 발칵 뒤집어 놓았다. 그럴 때마다 아버지는 보일러실 구석에 있는 가방에 들어가 앉았다. 아버지는 방에 있는 시간보다 가방에 들어가 있는 시간이 더 많았다.

나는 가끔 아버지가 들어가 있는 가방을 한강에 떠내려 보내는 상상을 했다. 한강 변을 거닐던 여자가 떠내려가는 가방을 건져 보니 남자가 들어 있는 게 아닌가. 여자는 한눈에 남자에게 반해 청혼을 하고, 남자의 유일한 혈육을 찾아 자신의 어마어마한 재산을 물려준다……. 그렇지만, 아버지는 못생긴 데다 여자를 몹시 싫어한다. 얼마나 여자가 싫으면 엄마를 때려서 내쫓았을까.

"사람들은 내가 네 엄마를 내쫓았다고 하는데, 그건 아니다. 그렇게 생각하면 수원 밑에 오산이지. 네 엄마는 돈 때문에 떠났어. 네 엄마라는 사람이 얼마나 돈을 좋아하는지 너도 알지? 나만 보면 돈타령이었잖냐. 나도 우리 세 식구 잘 살아 보려고 할 만큼 했다. 돈 벌려고 온갖 더러운 꼴다 보면서 용을 썼는데, 네 엄마란 인간은 그걸 몰라. 그래, 어디 저 혼자 잘 살아 보라지."

아버지의 기억은 수원 밑에 오산인 데다 오류투성이기까지 하다. 아버지는 제대로 돈을 벌어 온 적이 없고, 술주정에 손찌검까지 했다. 아버지 주장에서 그나마 진실에 가까운 건 더러운 꼴을 다 보면서 돈을 벌었다는 것. 아버지는 주로 남의 등을 쳐서 돈을 벌었는데, 그 돈은 대개 아버지 등을 쳐 먹는 사람한테 고스란히 털렸다. 사기꾼의 세상은 비정했다. 오늘의 동지가 내일은 적이 되고 뛰는 놈 위에 나는 놈이 있는데, 아버지는 절대로 나는 놈은 아니었다. 그러면서도 아버지는 여전히 뛰는 놈한테 걸려들 사리 분별 없는 사람을 찾았다.

"김 사장, 요새 좋은 땅 나왔다면서. 뭐? 도망가긴 어딜 도망가. 그냥 해외 좀 나갔다 왔어. 왜 우리 형이 미국에 있잖아. 몰랐어? 그 형이 올해 말에 영구 귀국하려고 하는데, 땅 좀 알아봐 달라는 거야. 그래 택지지……."

아버지는 가방에 들어갈 일이 없는 평화롭던 어느 토요일, 있지도 않은 형을 팔면서 집을 나간 뒤로 돌아오지 않았다. 아버지는 어디선가 누군가를 등쳐 먹고 있을 테고 또 누군가는 그런 아버지 뒤통수를 노리고 있을 터였다.

나는 아버지를 가방에 들여보낼 일이 없어지면 삶이 무

척 지루해질 줄 알았다. 하지만 한여름에 불 밝힌 방 창문 방충망에 꼬여 드는 하루살이 떼처럼 녀석들이 기다렸다는 듯이 우리 집으로 들이닥쳤다. 녀석들은 모두 여섯이었는데, 초등학교 6학년 때부터 작정하고 비뚤어졌다는 녀석은 제 엄마 지갑을 털어 다섯 번째 가출을 감행했고, 나이를 세 살이나 속이고 일찌감치 직업 전선에 뛰어들어 피자 배달을 하던 녀석은 자동차에 받혀 다리가 작살났고, 한 녀석은 반 아이를 두들겨 패서 사회봉사 처분을 받는 바람에 별일 없는 셋만 날마다 우리 집에 몰려와 라면을 먹으면서 방과 후 활동을 시작했다.

나는 아버지를 가방에 넣어 주는 일을 잘 해냈듯이 녀석들에게 라면 끓여 주는 일을 성실하게 했다.

"야! 나는 푹 삶은 건 싫다. 꼬들꼬들하게 해 줘."

"나는 계란 꼭 넣어 줘라."

"너네 김치는 없냐? 그럼 단무지라도 사 오지 그랬냐?"

나는 개업한 지 얼마 되지 않아 손님의 환심을 사려고 작정한 식당 주인처럼 아이들의 다양한 요구를 묵묵히 수용했다. 4분을 끓여야 하는 라면을 정확히 3분 30초 끓이면서 막판에 달걀을 풀어 넣었고, 학교 앞 김밥천국에서 챙겨 온 단무지를 접시에 담아 상에 올렸다. 라면을 요리하는 일은 시간 제약을 받지 않아 가방 지퍼를 잠그는 일보다 쉬웠다. 반면에 빠르고 정확한 손놀림을 과시할 필요가 없기에 성취감은 낮았다.

더군다나 아이들은 아버지보다 냉정해서 라면 끓이는 일 따위로는 나를 인정해 주지 않았다. 나는 가방에 들어갈 때마다 나를 간절하게 바라보던 아버지의 눈빛이 그리워지곤 했다. 아이들은 일주일 내내 라면을 끓여 먹여도 그런 눈빛으로 나를 보지 않았다.

"씨발, 왜 늘 안성탕면이냐? 다른 건 없냐? 뭐 신라면이나 너구리도 있고, 무파마 이런 것도 있잖아. 웬만하면 창의력 같은 것 좀 발휘해 봐라!"

"내 말이. 오늘처럼 더운 날엔 비빔면도 좋잖아."

이런 식이다. 도가 넘치게 뻔뻔한 이 아이들은 내가 평생 신라면, 너구리, 무파마, 비빔면을 창의적으로 번갈아 가면서 정성 들여 끓여 준대도 만족하지 않고 불평을 늘어놓을 게 뻔하다.

아이들은 라면을 먹고 나면 담배를 나눠 피우면서 방 여기저기에 널브러져 텔레비전을 켰다. 우리 집 텔레비전이 안 나오는 걸 아이들은 매번 까먹었다.

"씨발, 무슨 집구석이 되는 게 없어."

"내 말이. 텔레비가 안 나오면 인터넷이라도 연결하든지……."

우리 동네에서는 인터넷 통신사에 가입하면 공짜로 유선방송을 연결해 준다. 물론 유선방송만 연결할 수도 있는데 비용 차이가 크지 않아 우리 집도 두 개가 세트인 통신 상품을 요금 체납으로 끊기기 전까지 썼었다. 그러니까 우리 집 텔레비전이 안 나오는 건 인터넷이 안 되기 때문이라는 걸 아이들은 모른다.

"씨발, 문화생활 좀 하고 살아야 하는 거 아냐?"

"내 말이. 사람이 밥만 먹고 어떻게 사냐? 텔레비도 보고, 게임도 하고 그래야지. 이십 세기에."

나는 20세기가 아니라 21세기라고 정정해 주지 않고 방바닥에 눌어붙어 있는 라면 한 가닥을 손으로 집어 휴지통에 버렸다. 그러고는 늘 그랬듯이 방 한구석에 없는 듯 앉아 아이들이 지루함에 몸을 비틀다 자진해서 퇴각해 주기만을 기다렸다. 나는 지지직지지직 소리를 내면서 어떻게든 송신 주파수를 찾아 교신해 보려고 애쓰는 텔레비전의 화면을 멀뚱멀뚱 바라봤다. 교신이 막힌 텔레비전 화면의 죽죽 그어진 선은 어디서 보내는 주파수일까? 혹시 암호는 아닐까?

"경준아, 엄마는 잘 먹고, 잘 살고 있다. 그 인간이 이혼 도장만 찍어 주면 엄마가 너 데리고 갈 거다. 그 인간한테 너를 맡긴 게 마음에 걸리지만, 그래도 제 자식 굶기기야 하겠나 싶어서……. 혹시 돈 필요하면 말해라. 엄마가 만들어 준 통장에 보낼 테니까."

엄마가 이렇게 암호를 보내고 있는 건지도 모른다. 정말 나는 가끔 은행에 가서 엄마가 만들어 준 통장의 잔액을 확인해 본다. 93,453원. 초등학교 때 돼지 저금통 배를 갈라 은행에 맡긴 돈에 3,753원 이자가 붙은 그대로였다. 엄마하고 전화 통화한 지 269일이 지났다. 엄마는 교신도, 입금도 불가능한 곳에서 잘 먹고 잘 살면서 그 인간이 이혼 도장 찍어 주기만을 기다리는 걸까? 사기 행각에 능숙한 그 인간은 여기저기 위조문서에는 도장을 잘도 찍으면서 이혼 도장은 왜 안 찍는지 알 수 없었다.

배를 까서 득득 긁거나 콧구멍을 쑤시거나 발톱 때를 뜯적거리는 세 아이는 더는 지루함을 못 견디고 퇴각할 태세였다.

"씨발, 뭐 재미있는 거 없냐?"

"우리 피시방 갈래?"

"씨발, 돈 있냐? 돈 있었으면 이 집구석으로 기어들어 와 이러고 있겠냐? 야, 박경준! 너 돈 있냐?"

아이들이 내 이름을 부를 때마다 저절로 어깨가 움찔했다. 헌납 요구는 아이들이 퇴각할 때 빠트리지 않는 절차지만, 태연하게 대처하기가 어려웠다. 나는 그제도, 어제도 그랬듯이 천천히 고개를 저으면서 입을 뗐다.

"아빠가 오셔야……."

"씨발, 너네 아빠는 언제 오시냐?"

"내 말이, 어떻게 경준이 아빠는 한번 나가시면 함홍차서냐?"

함홍차서는 누구? 함홍차사라고 정정하려다 그만뒀다. 어차피 우리 아빠는 차사도 아닌데 뭘. 나는 아빠의 귀가를 진심으로 바라는 아이들 앞에서 한껏 불쌍한 얼굴을 하려고 노력했다. '씨발'은 일어서면서 발에 밟힌 리모컨을 휙 걸어찼고, '내 말이'는 내 어깨를 후려치고, 아무것도 아닌 아이는 나를 외면하면서 그렇게 그들은 물러났다.

나는 집을 나서는 아이들을 문 앞에서 정중하게 배웅하고 얼른 현관문을 잠갔다. 그리고 라면 끓인 냄비를 깨끗하게 씻어서 물을 받아 가스레인지 위에 올렸다. 물이 끓는 동안 아이들이 채워 놓은 재떨이를 비워 닦아 놓고, 안방 서랍장 아버지 속옷 칸 안쪽에 넣어 둔 너구리를 끄집어냈다. 역시 라면은 너구리가 최고다. 냄비 물이 바글바글 끓어 너구리를 넣고 정확하게 5분을 기다리는 동안 냉장고 안에 있는 커다란 된장 통을 꺼냈다. 된장 통 뚜껑을 열고 된장을 걷어 내면 작은 김치 통에 잘 익은 배추김치가 들어 있다. 나는 배추김치 한 젓가락을 접시에 담고, 다시 김치 통을 은폐해 놓는다. 고모가 가끔 담가 오는 김치는 늘 이렇게 된장 통 안에 감춰 뒀다. 김치 없는 라면을 먹는 건 사회 선생님 없는 학교를 다니는 것과 같다.

　사회 선생님을 한마디로 표현하자면, 죽여준다. 나는 평소 성적인 묘사나 상스러운 용어를 쓰지 않으려고 하지만, 사회 선생님을 달리 표현할 말이 없다. 정말 죽여준다. 우리 학교 남자아이들은 밤마다 사회 선생님이 꿈에 나오기를 바랐고, 여자아이들은 사회 선생님처럼 되기를 꿈꿨다. 나는 사회 선생님의 쭉 뻗은 다리, 잘록하게 들어간 허리, 희고 가느다란 팔, 가냘픈 목선을 존경하고, 깊고 커다란 눈, 오뚝한 콧날, 선명한 붉은 입술을 신봉한다. 여자아이들은 의학의 발달이 빚어낸 놀라운 인조인간에 불과하다고 폄하하지만, 남자아이들한테는 씨알도 먹히지 않는 소리다. 조물주가 빚었든, 강남에서 잘나가는 성형외과 의사가 재구성했든 사회 선생님은 완벽한 여신이다. 여신은 수업 시간에도 얼굴 한 번 찡그리지 않고 유쾌하고 상쾌하게 웃으며 가르쳤다. 하긴 사회 시간에 아이들은 대한민국 모든 교사가 바라는 훌륭한 학습 태도를 보였다. 학생들은 그야말로 학생의 본분을 성실하게 수행했다. 50분 동안 졸거나 딴청 피우는 아이가 단 한 명도 없었다. 남자아이들은 수업 시간 내내 사회 선생님의 일거수일투족을 놓치지 않고 지켜봤고, 여자아이들은 사회 선생님의 일거수일투족을 경계했다.

"너흰 수업을 이렇게 열심히 듣는데 왜 성적이 안 나오니? 특히 남학생들! 시험이 어렵니? 앞 반 사회 성적하고 너무 차이가 나."

사회 선생님 말씀에 민호가 입을 헤벌쭉 벌리고 있는 남자아이들을 둘러보고는 빙글거리면서 말했다.

"앞 반 사회 선생님하고 인물 차이가 너무 나시니까."

"뭐?"

아이들은 민호 말에 낄낄 웃었지만, 사회 선생님은 영문을 모르겠다는 얼굴로 눈을 더 크게 뜨면서 입술을 살짝 벌렸다. 오! 여신이여. 그 순간 우리 반 남자아이들 눈에서는 불꽃이 일었다. 민호도 다르지 않았다. 나는 침을 꼴깍 삼키면서 민호 뒷목이 빨갛게 달아오르는 걸 보았다.

우리의 여신이 학생부를 맡게 되자 남자아이들은 하나같이 음흉한 눈빛으로 "야, 요새 어디서 담배 피우면 걸리냐?"라거나 "지각 몇 번 해야 학생부로 끌려가냐?"라거나 더 강한 버전으로 "경찰서 잡혀가면 학생부 선생님이 오냐?"라면서 서로서로 정보를 교환하느라 바빴다. 앞 반 아이들, 그러니까 여신이 아니라 그냥 여자한테 사회를 배우는 저주받은 아이들은 학생부에 불려 갈 방법을 더 치밀하게 궁리한다는 소문이 파다했다.

"너네 들었어? 앞 반 자식들 스무 명이 한꺼번에 담배 피우다 걸렸대. 왜 그랬는지 뻔하지?"

오전에는 그나마 정신이 맑아 졸지 않는 창일이 꽤 심각하게 입을 뗐다.

"등신 새끼들. 그런다고 지들이 우리 여신을 영접할 수 있을 것 같아? 금연 담당은 일 학년 체육 선생이잖아."

호영이 '새끼들'에 힘을 줬다.

"그래, 그렇지. 그런데 그 자식들 한 달 동안 아침에 운동장 청소하는데, 그 감독을 맡은 사람이 누군지 알아?"

"설마?"

"설마가 사람 잡는 거야. 그 등신 새끼들 한 달 동안 아침마다 우리 여신의 은총을 받는다는 거다."

"진짜?"

"김창일! 너 그거 어디서 들었어?"

우리 반 남자아이들의 시선이 모두 창일한테 꽂혔다. 책을 뒤적이던 민호는 아예 몸을 돌려 뒤를 보고 앉았다.

"진짜라니까! 이것들은 맨날 속고만 살았나? 앞 반 애들한테 물어봐! 담배 피운 놈들 목적 달성하고 좋아 죽더라."

창일이 대답에 아이들은 절망과 질투와 증오가 섞인 탄성을 내뱉었다. 몇몇 아이들은 연적에게 애인을 뺏긴 것처

가방에   119

럼 주먹을 부르르 떨면서 분노했다.

"원래 범죄를 공모하면 죄가 커지는 건데……. 공동 정
범이라고. 스무 명 다 퇴학시켜야 하는데, 학교 규정이 솜
방망이야."

민호는 태연한 척 아무렇지 않게 말을 뱉었지만, 낯빛은
어두웠다. 그날 온종일, 여신한테 사회를 배우는 다섯 반
남자아이들은 교활한 스무 명에게 온갖 저주를 퍼부었다.
그래도 아침마다 여신과 함께 청소한다는 핑계로 희희낙
락하는 스무 명을 보는 고통이 줄어든 건 아니었다. 여신
이 그 흉악한 흡연자들을 선도하는 차원에서 짜장면을 사
줬을 때는 담배를 피우며 복도를 질주하겠다, 담배를 사서
온 반 아이들에게 나눠 주겠다, 새로운 범죄를 공모하는
아이들이 속출했다. 하지만 학생부에서 이상한 낌새를 눈
치채고, 불순한 의도로 흡연을 악용하는 일이 없도록 흡연
제재 조치를 강화하는 바람에 실행에 옮긴 '용감한 녀석
들'은 없었다.

기말고사가 다가오고 교실은 제법 면학 모드로 전환되
어 갔지만, 불청객들은 하루도 거르지 않고 우리 집에서 라
면을 먹었다. 더군다나 가출했던 녀석이 멀쩡하게 돌아오
고, 다리 부러진 녀석이 목발 짚은 채 퇴원하고, 싸움질한

녀석이 당당하게 복귀하면서 3인분을 더해 라면 6인분을 꼬박꼬박 끓여야 했다. 열흘째 33도를 넘나드는 폭염이 이어지는데 좁은 반지하 집에 여섯 명을 앉혀 놓고 활활 타오르는 불 앞에서 라면을 끓이는 일은 고역이자 노역이었다.

"저기, 우리 집 가스비를 못 내서 다음 주에 도시가스 끊는다고 통보가 왔어."

나는 순식간에 라면을 해치운 아이들을 보면서 우물쭈물 말했다.

"그래서?"

"뭐가 그래서야? 경준이 이 자식이 라면 안 끓여 준다는 거지."

"씨발, 뭐 이 자식은 응용력이 없냐? 도시가스 안 되면 휴대용 가스를 써도 되잖아."

"내 말이. 그럼 되겠네. 박경준 너 괜히 꾀부리지 마라. 친구들한테 라면 끓여 주는 게 뭐 일이라고."

"씨발, 의리가 없어. 요새 애들은…… 안 그러냐?"

여섯 아이의 눈빛이 내 몸에 쏠리는 순간 나는 머리를 숙였다. 가혹한 노동 착취에 대한 항거는 무기력하게 끝나 버렸다. 녀석들은 득의양양하게 떠났다. 녀석들의 발소리가 멀어진 뒤 나는 찌꺼기가 남아 있는 라면 냄비를 싱크대에 집어 던졌다. 엉뚱하게 개수대에 담가 둔 유리잔이 깨졌다.

며칠 뒤 엄청난 사건이 터져 학교가 발칵 뒤집어졌다. 내가 두 달 가까이 의리 있게 라면을 끓여 먹여 키운 그 여섯 명이 대형 사고를 쳤다. 동네 피시방 돈 통에 손을 댄 것이다. 그것도 우발적인 게 아니라 철저히 계획된 범죄였다.

창일이 이 반 저 반 기웃거리면서 사태 파악에 나섰다.

"게네들 된통 걸렸다더라. 피시방 사장이 직접 학생부장 샘한테 전화 걸어서 넘겼대. 그래도 경찰서에 안 넘긴 게 어디야? 야, 그것들이 피시방에서 후배들 삥 뜯은 것도 들통 났대. 설마 그것들도 여신 때문에 그런 거 아냐?"

"절도는 육 년 이하의 징역 또는 일천만 원 이하의 벌금으로 처벌하는 범죄야. 잘하면 영영 젊은 여신을 못 볼 수도 있어. 미치지 않고서야 그렇게 무모할 수 없지."

호영이 혀를 끌끌 찼다.

"박경준 너 게네들하고 친하지 않아? 초등학교 때부터 같이 다녔다면서?"

창일이 내 다리를 툭 치면서 물었다. 나는 흠칫 놀랐지만 내색하지 않았다.

"아니, 그냥. 육 학년 때 같은 반이라서."

"게네들은 지들끼리 똘똘 뭉쳐 다니잖아. 삥 뜯거나 필요한 거 있을 때나 아이들한테 들러붙을걸."

호영이 말에 나는 차마 똘똘 뭉쳐 다니는 여섯의 허기진 배를 라면으로 채워 준 게 나라고 얘기할 수 없었다. 나는 입을 꾹 다물고 사회책에 눈을 돌렸다.

"야, 박경준, 어떻게 너는 날마다 사회 공부만 하냐? 왜 사회 만점 맞아서 우리 여신한테 총애받으려고? 얌전한 고양이 부뚜막에 먼저 오른다더니 딱 너 두고 하는 말이다. 짜식 아닌 척하면서 속은 아주 시꺼메요. 근데 너 노트 필기도 엄청 잘했다."

창일이 내 사회 공책을 넘겨다보면서 군침 흘렸지만, 나는 모른 체했다. 아버지가 없어서 가방 지퍼 잠글 일도 없고, 사고뭉치 여섯이 온종일 학생부에 잡혀 있어 라면 끓일 일도 없어 오랜만에 자유를 누리면서 사회 공부에 집중할 계획이었다.

내가 사회 공부에 집중, 아니 집착하는 동안 학생부에 붙들려 있는 여섯 명의 허물이 낱낱이 밝혀졌다. 1, 2학년 후배들한테 일상적으로 금품을 상납받았다는 것과 비싼 브랜드 옷을 여러 벌 빌린 뒤 돌려주지 않았다는 것과 피시방, 노래방 요금을 대신 내도록 협박했다는 사소한 것까지 까발려졌다.

그리고 내가 한 일도 학생부에서 다 알게 되었다는 걸, 담임이 점심시간에 학생부에 가 보라고 했을 때 이미 눈치채고 있었다.

"박경준! 너 몇 반이라고?"

"구 반인데요."

"구 반에는 사고뭉치 여섯 중 한 명도 없잖아. 근데 게네들은 어떻게 알았어?"

"그냥……."

"늬들은 왜 그러냐? 여기 불려 온 애들은 첫마디가 다 그냥이래. 그냥 돈 줬고, 그냥 옷 벗어 줬고. 너는 그냥 뭐? 똑바로 말해 봐!"

과학 선생님이 늘 들고 다니는 지휘봉으로 바닥을 쿵쿵 찧으면서 나를 뚫어지게 쳐다봤다. 학생부에서 가장 무섭기로 소문난 과학 선생님은 축구 선수 출신이었다. 중학교 때 부상으로 선수 생활을 그만두지만 않았다면, 청소년 국가대표로 뽑혀 박지성의 자리에 자신이 있었을 거라고 하도 떠들고 다녀서 아이들은 비아냥거리는 투로 '포스트박'이라고 불렀다. 포스트박은 내가 입을 떼지 않자 지휘봉으로 책상을 세게 내리쳤다. 하늘이 쪼개지는 듯 요란한 소리가 학생부실을 뒤흔들었다. 나는 움찔해서 포스트박을 쳐다봤다. 내가 무슨 잘못을 했는데요?

"혹시 너도 걔들하고 같이 몰려다닌 거 아냐? 그러지 않고서는 걔들이 왜 맨날 너네 집에 놀러 가?"

"아뇨. 아니에요."

"뭐가 아냐? 몰려다닌 게 아냐? 걔들이 너네 집에 놀러 간 게 아냐? 똑바로 말해 봐."

"저, 걔들하고는 초등학교 육 학년 때 한반이었어요."

"그래서?"

그래서 나는 여섯을 잘 알고 있었다. 씨발을 입에 달고 사는 형석은 그때만 해도 꽤 괜찮았다. 반에서 나를 괴롭히는 아이 하나를 묵사발 내 줬으니까. 나중에 알고 보니 그 녀석이 오래전부터 형석을 괴롭혔고, 형석이 신체적으로 우월하게 되면서 복수한 것뿐이었지만. 아무튼, 나는 형석이 덕분에 잠시 평화를 되찾았다. 그리고 그 이후로 형석인 우리 초등학교 짱은 아니더라도 넘버쓰리 정도로 지위가 상승했고, 지위랄 게 없는 나는 형석이 시키는 일을 묵묵히 해내며 백의종군해야 했다.

"그게 다야?"

"네, 그냥 육 학년 때부터 알아서 중학교 때도 알은체하고 지냈는데……."

"그랬는데, 걔들이 어떻게 하대?"

"네?"

"왜 너는 꼬박꼬박 라면을 끓여 줬냐고?"

"그게 그러니까……."

나는 그들의 강압에 못 이겨 궁핍한 살림에도 불구하고 라면을 사다 끓여 줄 수밖에 없었다는 얘기를 하려고 했다. 그게 사실이니까. 그런데 그 말을 하려는 순간 여신이 학생부실에 들어왔다. 환한 웃음으로 우중충한 학생부를 밝히시고, 경쾌한 발걸음으로 눅늘어져 있는 학생부에 생동감을 불어넣으시며, 맑은 목소리로 삿된 마음을 일깨워 주시니.

"어, 너 구 반이지? 네가 여기 웬일이야? 선생님, 이 학생 아주 성실한 모범생인데…….."

"그러게 이 모범생이 성실하게 여섯 명한테 날마다 라면을 끓여 바쳤다네요."

"정말요? 아무튼 그 녀석들……."

우리의 여신은 놀란 눈으로 나를 보면서 내 건너편 의자에 앉았다. 아이들이 학생부에 불려 가기를 간절하게 바라던 이유, 바로 이거였다. 여신과의 독대! 비록 포스트박이 심판처럼 우리 둘 사이에 버티고 앉아 있었지만, 나와 마주하고 있는 사람은 여신이었다. 여신은 동그란 눈을 천천히 끔벅이면서 의자를 바짝 당겨 앉았다.

"정말 걔들이 그런 일까지 시켰니?"

여신의 목소리에 나는 퍼뜩 정신이 들었다. 나는 여섯 명의 후환이 두려워 제대로 반항 한 번 하지 못하고 두 달

동안 라면을 끓여 준 선량하지만 나약한, 바르지만 어리숭한, 성실하지만 가련한 피해자였다. 나는 바람 빠진 축구공처럼 몸이 쪼그라들었다. 포스트박은 그런 나를 국가대표가 될 뻔했던 실력으로 걷어찰 기세였다.

"박경준! 정황이 어떻게 된 건지 정확하게 말해. 그래야 걔들이 너를 또 괴롭히지 않을 거 아냐."

"그게……."

"아, 이름이 경준이구나. 그래 어서 말해 봐, 경준아."

여신의 얼굴은 가까이에서 봐도 완벽했다. 모공 하나 보이지 않는 매끄럽고 투명한 피부. 책상 위에 올려놓은 손은 얼마나 길고 고운지……. 여신은 나를 뚫어져라 쳐다봤다. 그 눈빛은 나를 관통해 평범한 인간들은 볼 수 없는 세상을 볼 것 같았다.

나는 여신의 아름다운 눈빛을 마주할 수가 없었다.

"네, 제가 녀석들 라면을 끓여 줬습니다. 그 녀석들이 학생의 도리를 벗어났을 뿐만 아니라 타인을 괴롭혀 욕망을 채우고 그것도 모자라 절도라는 범죄를 저지른 것은 응당 엄하게 죄를 물어 자신들의 과오를 뉘우칠 수 있도록 해야 합니다. 허나 그들이 이렇게 탈선을 하게 된 데에는 이 사회와 어른들의 책임이 크다고 봅니다. 그들이 학교 안팎에서 겉돌고 바른 인성을 갖추지 못한 것은 아무도 그들을 보들어 주려고 하지 않았기 때문입니다. 열여섯, 아직 어린 나입니다. 세상을 올바르게 바라보고, 그 안에서 올바른 한 인간으로 성장하도록 양분을 주는 건 사회이고, 학교이며, 가정이어야 합니다. 하지만 모두 그들을 질병 보균자 대하듯 꺼리고 내치기만 했습니다. 저는 그 불쌍한 아이들이 한 그릇의 라면으로 잠시라도 위안을 얻기를 바랐습니다. 제가 끓여 준 라면은 허기진 배를 채워 준 것이 아니라, 공허한 가슴을 채워 준 것입니다. 협박이라니요? 강압이라니요? 제가 어디 그런 걸 두려워할 남자로 보입니까? 저는 그 여섯을 품으려 했습니다. 전 가슴이 넓은 정말 의젓하고 의연한 남자입니다."

나는 이렇게 말하고 싶었다. 여신의 깊은 눈이 나를 보고 있지 않은가.

"박경준, 그러니까 여섯이 너를 협박해서 날마다 라면을 끓이게 했단 말이지?"

"아니······. 협박한 건 아니고, 그게 초등학교 때부터 아는 아이들이라서······."

"어휴, 애들이 왜 그렇게 못됐니. 경준이 네가 참 힘들었겠다."

아니, 나는 가방 지퍼를 잠그는 일처럼 라면 끓이는 일도 손에 익어서 지금 여신 앞에 무기력한 겁쟁이로 앉아 있는 것보다 라면 끓여 바치는 게 만 배는 쉬웠다. 나는 점점 오그라들다가 작은 벌레가 되어 금이 간 학생부실 벽 틈으로 기어들어 가 영원히 나오고 싶지 않았다.

"야, 이 녀석아, 그런 일이 있으면 너네 담임한테 얘기를 하든지 했어야지. 왜 당하고만 있어. 덩치도 작지 않고만."

그래요, 저는 덩치도 작지 않은데 그놈들이 자꾸 라면을 끓여 달라고, 안 끓여 주면 너를 삶고 튀겨 분말수프 뿌려 해치우겠다고 해서 이 솥뚜껑만 한 손으로, 지퍼에 낀 아버지 셔츠를 빼려다 찢어 먹기까지 한 둔탁한 손으로 꼼짝 없이 라면을 끓여 먹였어요. 꼬불꼬불한 면발이 생생하게 살아 있게, 달걀을 잘 풀어 큰 덩어리가 한 사람에게 들어가지 않도록 하느라 온 신경이 곤두섰어요. 어디 그뿐인가요. 라면 여섯 개에 분말수프는 정확히 다섯 개 반을 넣어서 조미료 맛을 줄이고, 국물은 여섯이 충분히 마실 수 있도록 딱 맞추려면 잠시도 한눈팔지 않고 뜨거운 불 앞에 꼭 붙어 서 있어야 했어요. 날은 점점 더워지고 힘들어 죽는 줄 알았어요. 제발 그놈들이 죄의 대가를 치르도록 해 주세요. 아, 라면값도 모두 제가 치렀어요. 그것도 물어내라고 해 주세요. 못 물어내겠다고 하면 제가 물어 버리겠다고 해 주세요. 아니면 땅에 묻어 버리든지. 이러란 말인가. 그래 그렇게 했다면 우리 담임은 뭘 해 줄 수 있지?

"그게 어디 말하기 쉬운가요?"

그렇죠, 나는 여신의 말에 숙였던 고개를 슬며시 들었다. 여신은 자리에서 일어나 자기 책상에 앉아 컴퓨터를 켰다. 포스트박은 여신의 말에 얼른 꼬리를 달았다.

"하긴 그 녀석들도 또 다른 학교 애들한테 다 뜯겼더라고. 애들 구조도 약육강식이라서 뜯기는 놈들은 아무 소리도 못 하고 당하는 거야. 사실 알고 보면 아무 힘도 없는 것들한테. 여하간 요즘 애들은 용기도 없고, 배짱도 없어요. 한번 상하 구조가 잡히면 그걸 못 바꾸더라고."

나는 다시 고개를 숙였다.

"겁나죠. 경준이가 덩치가 커도 게네는 여섯이니 꼼짝못 했겠죠. 경준아, 마음고생이 심했겠다."

여신의 말에 내 고개는 더 아래로 떨어졌다. 포스트박은 책상에서 책을 챙겨 들면서 말했다.

"됐어, 가 봐. 앞으로 또 이런 일 있으면 그때는 학생부로 바로 찾아와! 알았어? 사고뭉치들도 고자질을 무서워해! 가 봐!"

나는 굳어진 관절을 천천히 펴면서 일어났다. 마음 같아서는 발이 보이지 않도록 재빠르게 도망치고 싶었다. 그런데 몸이 말을 듣지 않았다.

"아, 근데 경준아, 엄마는 낮에 집에 안 계시니?"

내가 등을 돌려 문 앞으로 걸어가는데, 여신의 목소리가 뒤통수를 쳤다. 나는 우뚝 멈춰서 기어들어 가는 목소리로 대답했다.

"네."

네! 저는 용기도 없고, 배짱도 없고, 거기다가 엄마도 없어요. 나는 학생부실을 빠져나왔다. 광명으로 가득한 세상이 나를 반겼다. 나는 어디로든 달려가 학생부에서 멀어지고 싶었다. 그때 포스트박이 문을 열고 나를 불렀다.

"박경준! 너희 반에 강민호라고 있지? 걔 좀 오라고 해."

나는 고개를 끄덕이고 마치 급하게 강민호를 부르러 가는 것처럼 복도를 냅다 달렸다. 야, 인마 뛰지 마! 포스트박의 고함이 내 꽁무니에 따라붙었지만, 나는 더 빨리 달렸다.

학생부에 불려 갔다 온 민호는 뙤약볕 아래서 뜀박질을 한 사람처럼 얼굴이 벌겋게 달아 있었다. 민호는 수업 시간 내내 침묵했다. 나는 묻지 않았지만, 무슨 일이 있었는지 짐작할 수 있었다. 민호도 나도 눈을 피했다.

수업이 끝나고 민호가 교문 앞에서 나를 기다리고 있었다. 민호는 나를 보자 한 손을 어색하게 들었다. 우리 둘 다 아무 말도 하지 않았다. 우리는 갈 곳이 정해진 것처럼 열심히 걸었다. 날은 뜨거웠다. 등줄기로 땀이 흘러내렸다.

나는 얼른 서늘한 반지하 집으로 뛰어가고 싶었다. 민호를 쳐다봤다. 나와 얼굴이 마주치자 민호가 태연하게 말했다.

"우리 집에는 엄마가 계셔. 우리 엄만 종일 집에서 꼼짝 안 하고 나를 감시하거든. 지금도 간식 준비해 놓고 기다릴 거야. 간식 먹고 빨리 공부하라는 거지."

나는 고개를 끄덕였다. 우리 집에는 아무도 없다는 표시였다. 나는 앞장서 걸었고, 민호가 바짝 내 뒤를 따라 걸었다. 아파트 단지 뒤편 단독주택이 몰려 있는 곳은 아파트의 긴 그림자가 드리워 있었다. 뜨거운 햇볕이 달려들지 못하는 골목길은 시원했다. 나는 집 앞 가게에서 쭈쭈바를 두 개 사서 민호에게 내밀었다. 민호는 쭈쭈바 꼭지를 입으로 확 물어뜯어 벗겨 냈다. 민호 입에서 날아간 꼭지가 10미터는 날아가 남의 집 대문 앞에 놓여 있는 쓰레기봉투 위로 툭 떨어졌다.

"내 특기야. 내가 원래 입심이 세잖아. 멀리 뱉기 대회 나가면 상위권일걸."

좋겠다, 공부도 상위권, 뱉기도 상위권이라. 나는 아무 말 없이 고개를 끄덕였다. 민호는 쭈쭈바를 먹으면서 입이 풀렸는지, 주절주절 끝도 없이 떠들었다. 반지하 집에 들어앉아서도 내내 소망아파트에 사는 욕심 많은 자기 가족의 이기적인 작태를 일일이 비난하고, 권위적이면서도 비

굴한 몇몇 선생님의 이중성을 샅샅이 분석했다. 나는 민호의 말을 무심결에 틀어 놓은 라디오에서 흘러나오는 방송처럼 흘려들으면서 세수를 하고, 가스레인지에 라면 물을 올려놓았다. 그리고 안방에 들어가 서랍장에 숨겨 놓은 너구리 두 개를 꺼냈다. 내 뒤를 졸졸 따라다니면서 쉴 새 없이 떠들던 민호는 안방 장롱 앞에 놓여 있는 커다란 가방에 관심을 보였다. 곧 장마가 시작될 거라는 얘기를 듣고 보일러실에 있던 가방을 안방에 갖다 놓았다. 보일러실 벽으로 비가 스며들어 가방이 젖을 수 있었다.

"너네 어디 여행 가니?"

민호는 가방 안을 들여다보면서 물었다. 그 가방을 요긴하게 쓰시던 분은 여행 중이실지 모르지. 아버지가 떠오르자 나도 모르게 툭 진실이 튀어나왔다.

"아버지 가방에 들어가신다."

"그러게, 이 가방이라면 정말 아버지가 들어가시겠다."

영민한 민호는 재빨리 국어 시간을 떠올리고는 낄낄거렸다. 나는 웃고 있는 민호를 보고 진지하게 말했다.

"정말 들어가."

"뭐?"

"우리 아버지 그 가방에 들어가신다고. 빚 받으러 오는 사람들이 있거든."

민호는 내 말을 알아듣고는 아아, 그러며 고개를 끄덕였다.

"정말 아버지께서 들어가시는구나."

나는 그 말에 픽 웃음이 나왔는데, 민호는 사뭇 진지했다.

"가방에 들어가 봐도 돼?"

"그러든지."

민호는 가방 지퍼를 열고 번쩍 다리를 들어 가방 안에 몸을 들이밀더니 조심스럽게 쪼그리고 앉았다. 아버지보다 왜소한 민호는 가방에 쏙 들어갔다. 나는 습관처럼 달려가 능숙하게 가방 지퍼를 잠가 주고 싶었지만, 참았다.

"여기 좋은데!"

민호는 가방에서 머리를 쏙 내밀고 실실 웃었다. 아버지도 좋았던 것일까? 가방 안에 들어가 앉아 "아들!" 하고 부르던 아버지 모습이 눈에 선했다. 아버지는 여태 감감무소식이었다.

나는 부엌으로 나가 끓는 물에 너구리를 넣었다. 그리고 김치 통에서 김치를 꺼내 종지에 담았다.

"강민호! 라면 먹어!"

아무 대답이 없었다. 안방으로 가 보니 어떻게 했는지 가방 지퍼가 닫혀 있었다.

"강민호!"

나는 얼른 가방 지퍼를 열었다. 강민호는 땀에 젖은 머리를 쑥 내밀면서 웃었다.

"좀 더워도 여기 좋다. 아늑하고."

"좋기도 하겠다. 라면 불어. 어서 나와."

"정말 좋다니까. 너는 한 번도 안 들어가 봤구나. 저 안에 들어가 있으니까 시끄러운 세상과 단절된 나만의 세상에 있는 느낌이야. 자궁처럼 편안함을 느낀다고 할까?"

"자궁 속이 기억나?"

"설마. 그럴 거라는 거지."

"라면 불어."

민호가 천천히 가방 안에서 일어나는 걸 보고 나는 부엌으로 와 라면을 두 그릇에 나눠 담고 너구리의 하이라이트인 다시마 조각을 하나씩 면 위에 얹었다. 민호는 정말 맛있게 먹었다. 잠시도 쉬지 않던 입은 라면을 먹는 데만 충실했다. 민호는 국물까지 마시고는 꺼억 트림을 했다.

"몽골에서는 밥 얻어먹으면 잘 먹었다는 인사로 트림을 한다잖아. 아, 너 정말 라면 잘 끓인다."

"갈고닦은 덕분이지."

나는 시큰둥하게 대답하고 상을 치웠다. 개수대에 라면 그릇을 담가 놓고 상을 닦는데, 민호가 대수롭지 않다는 듯 말했다.

"나는 옷을 줬잖아."

나는 상을 닦다 민호를 쳐다봤다. 민호가 어색하게 웃었다.

"거기 여섯 명 중에 승식이라고 있잖아. 걔 초등학교 때부터 알고 지냈거든. 걔가 빌려 달라고 하더라고. 산 지 얼마 안 된 점퍼인데…… 그거 좀 비싼 거였어."

나는 알 만하다는 듯 고개를 끄덕였다. 그리고 개수대에 담가 놓은 그릇을 씻었다. 민호는 내 뒤통수에 대고 말을 계속했다.

"처음에는 며칠만 빌려 달라고 하더니 가져오질 않잖아. 그리고 두 벌이나 더 빌려 갔어. 집에는 잃어버렸다고 했어. 우리 아버지 자수성가한 사람이라 헛돈 쓰는 걸 죽는 것보다 싫어하거든. 정신 상태가 덜 됐다고 맞아 죽을 뻔했다. 그나마 다행이지. 아마 내가 잃어버렸다고 한 옷 가격을 알았으면 살아남지 못했을 거야. 우리 엄마는 늘 아빠한테 가격을 속이거든."

"응."

"정말 쪽팔려서. 사회 선생님은 왜 학생부를 맡아서…… 앞으로 어떻게 보냐. 아까 학생부에 앉아 있는데 딱 죽고 싶더라."

내 말이. 나는 씻은 그릇을 싱크대 위에 소리 나게 올려놓았다.

"그리고 그 포스트박이 벌써 우리 엄마한테 전화해서 다 말했더라고. 그게 뭐 자랑이라고. 내 물건 빼앗긴 걸 왜 엄마한테 말하냔 말이지. 그래 엄격하게 말하면 물건값은 우리 엄마가 지불했으니까 온전히 내 건 아니지. 에이, 정말 돌겠다."

민호는 라면값을 입으로 때우려고 작정했는지, 별별 얘기를 다 늘어놓았다. 진동으로 해 놓은 민호의 휴대폰이 계속 부르르부르르 떨었지만, 받지 않았다. 민호는 해 질 녘이 되어서야 가방을 들고 일어났다.

"근데 너네 아빠하고 엄마는 언제 오시냐?"

"응?"

"좋겠다. 두 분 다 일하시면 늦게 오실 거 아냐?"

"응."

"나는 학원으로 간다. 우리 엄마 아마 학원 앞에서 기다리고 있을 거야. 우리 엄마는 물에 빠진 나보다 학원에 빠진 나를 더 걱정할 거야. 너네 엄마도 그러시냐?"

"……응."

민호는 사교육에 퍼붓는 돈 때문에 우리나라 경제가 올바로 성장하지 못한다면서 성적 지상주의 사회의 몰락이 머지않았다고 떠들다가 휴대폰이 다시 울리자 재빨리 밖으로 튀어 나갔다.

혼자 남은 반지하 집은 어두운 굴속 같았다. 어쩌면 이 굴에 다시 찾아올 사람은 없을지 모른다. 민호도, 여섯 명도. 그리고 아빠도, 엄마도 다시 올지 알 수 없다.

나는 안방에 들어가 어둠 속에 웅크리고 앉아 있는 가방을 물끄러미 보았다. 그러다 가방으로 다가가 한쪽 다리를 넣었다. 다른 쪽 다리를 넣고, 아버지가 하던 것처럼 쪼그리고 앉아 오른쪽 어깨를 무릎 사이에 깊숙이 박은 채 손을 밖으로 빼서 지퍼를 잠그려 했다. 그런데 놀랍게도 안쪽에도 지퍼가 달려 있었다. 지퍼는 안에서도 쉽게 잠글 수 있었던 것이다. 그래서 민호가 혼자 지퍼를 잠갔구나. 아버지는 으레 내가 해 줘서 몰랐을까?

나는 지퍼를 올렸다. 가방 안은 민호 말대로 편안했다. 마치 무엇이 나를 감싸 안고 있는 느낌이었다. 자궁 안이 이랬을까. 나도 열 달 동안 엄마의 자궁 안에서 평화롭게 있었던 것일까. 아버지도 그래서 이 가방 안에 들어간 걸까.

나는 아주 오랫동안 아버지 가방에 들어가 있었다.

오금이 저린다는 말이 실감 났다. 정말 무릎이 굽혀지는 그 자리, 오금부터 힘이 풀리면서 다리가 후들거렸다. 짙은 어둠에 가려 땅이 얼마나 떨어져 있는지 가늠할 수 없지만, 7층이었다. 어둠을 헤치고 지상에서 영원으로 사라지는 건 눈 깜짝할 사이, 찰나에 지나지 않는다. 가슴이 오그라들었다. 성아는 티셔츠 자락을 움켜쥔 손에 더 힘을 주며 떨리는 목소리로 말했다. 그만둬. 베란다 난간 창살 지지대를 벋디디고 서 있는 아이의 상체는 어둠 속으로 뻗쳐 있었다. 발만 떼면 그대로 아득한 곳에 곤두박인다. 놔! 아이의 목소리는 분명하지 않았지만, 그렇게 말한 것 같았다. 이러지 말고 내려와. 성아는 사정하면서 한 발짝 더 아이에게 다가갔다. 그 순간 오만 가지 생각이 스쳐 지나갔다. 뭐 좀 먹니? 문자를 한 엄마한테 답장을 보내지 않았구나, 컵라면에 물을 부어 놓고 나무젓가락을 기다리는 아이들은 목이 빠지겠구나, 그런데 이 방 아이들은 다 어디로 가 버린 걸까.

711호는 3반 여자아이들이 쓰는 방이라고 했다. 정현이는 이 방을 쓰는 친구가 나무젓가락을 갖고 있다고 했다. 가위바위보를 해서 진 성아가 방을 나올 때 정현이가 뒤통수에 대고 소리쳤다. 나무젓가락하고 과자도 한 봉지 달라고 해. 하지만 711호는 문이 잠기지 않은 채 비어 있었다. 불 꺼진 방은 어수선했다. 가방을 뒤져 끄집어내 놓은 것처럼 수건이며 옷이 여기저기 나뒹굴고, 고데기와 드라이어는 전기 코드에 꽂힌 채 방바닥에 내팽개쳐져 있었다. 성아는 문을 빠끔히 열고 머리를 들이밀었다가 얼른 빼냈다. 그런데 얼핏 베란다로 나가는 유리문 커튼이 펄럭이고, 베란다 난간에 누군가 위태롭게 서 있는 게 보였다.

난간을 붙잡고 있는 아이의 팔은 가늘었다. 아이는 상체를 더 앞으로 기울이면서 몸을 뻗댔다. 너 힘주면 나까지 떨어져. 성아는 티셔츠를 뒤로 확 당기면서 소리쳤다. 아이가 멈칫했다. 성아는 그 순간을 놓치지 않고 오른손을 재빠르게 뻗어 아이의 팔목을 거머챘다. 아이 팔이 부르르 떨렸다. 성아는 왼손으로는 티셔츠 자락을 오른손으로는 팔목을 잡은 채 뒤를 돌아봤다. 누구라도 와서 도와주길 바랐다.

아이는 잡힌 팔을 빼내려고 어깨를 비틀었다. 내려와. 안 그러면 소리칠 거야. 성아 말에 아이는 움찔했다. 성아는 아이가 뭘 두려워하는지 안다. 아이는 몸을 내던진 뒤에 감당할 공포보다 난간 앞에 서 있는 모습을 들키는 걸 더 끔찍하게 생각할 테니까. 죽음보다 더 무서운 건 아이들의 시선이었다. 아이들의 눈은 냉혹한 감시자이며, 입은 잔인한 유포자다. 아이들의 잔혹한 소문은 산 자나 죽은 자나 가리지 않는다.

성아가 사는 작은 도시에서는 지난 몇 년간 학생 다섯이 자살했다. 모두 하나같이 아파트에서 뛰어내렸다. 고층 아파트가 빼곡하게 늘어서 있는 곳에서 자란 아이들에게는 가장 쉬운 선택이었을 것이다. 첫 사망자는 열여덟 살의 남학생이었다. 아침 등교 시간에 남학생은 가방을 멘 채 15층 자기 방에서 뛰어내렸다. 며칠 뒤 남학생의 성적, 가족, 친구 관계, 여자 친구의 성품까지 신상에 관련된 모든 소문이 삽시간에 퍼졌다. 소문은 흉흉했다. 그중 가장 오싹한 건 오래전 같은 아파트에서 젊은 여자가 자살했다는 괴담이었다. 성아는 밤에 학원 차에서 내려 그 아파트 앞을 지나칠 때면 섬뜩한 기운에 종종걸음을 쳤다. 하지만 얼마 지나지 않아 다른 단지에서 여고생이 뛰어내렸고, 몇 달 뒤에 여중생이 뛰어내린 아파트는 또 다른 곳이었다. 괴담에 얽히지 않은 아파트 단지를 가려내기가 어려웠다. 신문에는 하루가 멀다 하고 아파트 투신자살 사건이 실렸다. 아무 일도 없는 평온한 아파트란 대한민국에는 없는 것처럼 보였다. 아이들은 무뎌졌다. 수학여행 오기 며칠 전 학교에서 멀지 않은 아파트에서 여중생이 투신자살했다는 소문은 하루 만에 시들해졌다. 죽은 아이가 왕따를 당해서 유서에 가해자를 적어 놓았다는 얘기를 들은 아이들의 반응은 심드렁했다. 대한민국 학생들에게 자살, 왕따, 왕따로 인한 자살은 일상적인 용어처럼 익숙해져 있었다.

이런다고 달라질 게 없어. 성아는 아이의 팔목을 살짝 뒤로 잡아당겼다. 아이는 꿈쩍도 하지 않았다. 마치 스프링보드에 선 다이빙 선수처럼 가슴을 앞으로 내밀며 어두운 바다를 바라봤다. 잔물결이 콘도에서 밝힌 불빛을 따라 일렁였다. 먼 바다 위로 불쑥불쑥 솟은 섬은 시커먼 바위 같았다. 콘도에서 다이빙을 한다고 해도 바다에 떨어질 수는 없다. 바다는 눈에 보이는 것보다 멀리 있다. 바람이 품어 나르는 옅은 바다 냄새에 취해 난간에 섰다면 그만 내려와야 한다. 내려와. 성아는 다시 아이 팔목을 잡아당겼다.

아이는 잡히지 않은 손으로 난간을 움켜쥐고 한쪽 다리를 번쩍 들어 난간에 걸치려 했다. 야! 성아의 입에서 저도 모르게 고함이 터져 나왔다. 그때 옆방 베란다로 아이 둘이 깔깔깔 웃어 대면서 튀어나왔다. 아이가 흠칫 놀라며 머리를 돌려 그쪽을 보다 몸이 뒤로 쏠렸다.

콩 하는 요란한 소리가 났다. 성아 몸을 덮치며 나자빠진 아이의 머리가 베란다 유리창에 부딪친 모양이었다. 괜찮아? 아이는 말없이 성아를 뿌리치고 몸을 일으켜 앉았다. 아이는 고개를 푹 숙인 채 미동도 하지 않았다. 성아는 일어나 유리창에 등을 기대고 앉으면서 다시 물었다. 괜찮아? 아이는 대꾸가 없었다. 성아는 아이가 또다시 베란다에 매달릴까 봐 슬그머니 티셔츠 한쪽을 거머쥐었다. 아이가 고개를 들어 성아를 물끄러미 쳐다봤다. 낯선 얼굴이었다. 왜 그랬니? 성아 말에 아이가 방 쪽으로 시선을 옮겼다. 텅 비어 있던 방에 이상하게도 아이들이 꽉 차 있었다. 아이들은 저희끼리 떠들어 댔지만, 뭐라고 하는지 들리지 않았다. 베란다에 있는 둘에게 관심을 보이는 아이는 없었다. 유리문은 닫혀 있었다. 성아는 문을 열려고 했지만, 꿈쩍도 하지 않았다. 주먹을 꼭 쥐고 유리문을 두드렸다. 애들아! 애들아!

성아는 땀으로 축축해진 손바닥을 치마에 쓱 문질렀다.
버스는 고속도로를 달리고 있었다. 비가 왔다. 빗방울이
차창에 사선을 그어 댔다. 버스 안은 조용했다. 끈끈한 공
기에 눌린 듯이 아이들은 모두 맥을 못 추고 곯아떨어졌
다. 맨 뒤에 앉은 남자아이들은 다리를 쩍 벌린 채 얕게 코
까지 골았다. 옆자리 채라는 머리를 45도로 기울인 채 쌕
쌕 숨소리를 내면서 잤다. 성아는 희부옇게 김이 서린 창
문을 손으로 훔치고는 밖을 내다봤다. 먹빛 하늘은 땅에
닿을 듯이 무겁게 가라앉아 있었다. 빗발은 점점 굵어져
차창을 요란하게 두드려 댔다. 버스 옆으로 승용차가 지나
갈 때마다 물살을 헤치고 나가듯이 물보라가 일었다. 손으
로 닦아 낸 차창에는 다시 김이 서렸다. 바다에 떠 있는 섬
처럼 들판 끄트머리에 줄줄 이어져 있는 산은 형체만 어슴
푸레하게 보였다. 성아는 김 서린 창에 손가락으로 글씨를
쓰다가 얼른 지웠다. 차 앞머리에서 윙 기계 돌아가는 소
리가 들리는가 싶더니 별안간 머리 꼭대기에 붙어 있는 에
어컨 구멍에서 찬바람이 쏟아졌다. 냉기는 순식간에 눅진
한 공기를 밀어내며 버스 안을 제압했다. 팔에 소름이 돋
았다. 성아는 엉덩이를 슬쩍 들고 팔을 뻗어 에어컨 구멍
두 개를 틀어막았다.

"어디야?"

잠이 깬 채라가 몸을 바로 하면서 물었다.

"몰라."

"비 오네. 배고파. 휴게소에 안 들르나."

채라는 가라앉은 목소리로 중얼대면서 앞 의자 그물망에 넣어 둔 과자 봉지를 꺼내 들었다. 그러고는 거침없이 봉지를 뜯었다. 성아는 비닐 찢기는 소리가 귀에 거슬려 얼굴을 찌푸렸다. 채라는 뜯은 과자 봉지를 성아 앞에 내밀었다. 고소하고 달큼한 냄새가 훅 끼쳐 왔다. 성아는 과자 봉지를 빤히 쳐다보면서 고개를 저었다.

"넌 정말 안 먹는구나. 아침도 조금밖에 안 먹었잖아. 그렇게 먹고 어떻게 사냐?"

채라는 과자 봉지를 제 무릎 위에 올려놓고 과자를 꺼내 먹으면서 차 안을 두리번거렸다.

"다 자네."

"응."

"삼 반 애들은 어떡하냐? 너 걔 본 적 있어?"

채라가 성아 쪽으로 몸을 기울였다. 채라 입에서 들치근한 냄새가 풍겼다. 성아는 슬쩍 몸을 차창 쪽으로 비켰다.

"아니."

"걔 너하고 같은 중학교 나왔다던데."

"그래?"

"같은 반인 적이 없구나?"

성아는 대답하지 않고 그물망에서 생수를 꺼내 마셨다. 채라는 성아가 생수 뚜껑을 닫으려고 하자 손을 내밀었다.

"나도!"

채라는 생수병에 입을 대지 않은 채 조금 마시고는 성아에게 돌려줬다.

"정말 이게 뭐냐. 통영까지 와서. 내 인생 최악의 수학여행이야."

채라는 부스럭거리며 과자를 한 주먹 꺼내 입에 털어 넣었다. 성아는 과자 봉지를 뚫어지게 보다가 고개를 차창으로 돌렸다.

성아는 초등학교 6학년 때 경주로 갔던 생애 첫 수학여행을 떠올렸다. 아주 끔찍했다. 경주는 통영만큼이나 먼 곳이었다. 성아는 차가 달리면서부터 멀미를 했다. 버스가 고속도로를 내달릴 때 졸고 나서 괜찮아졌나 싶었는데, 휴게소에 들러 점심을 먹고 나자 다시 멀미가 시작되었다. 속이 메슥거려서 차가 급하게 속도를 줄일 때마다 헛구역질을 했다. 결국 경주 톨게이트를 지나 버스가 코너를 도는데 왈칵 토했다. 성아는 얼른 손으로 입을 막았다. 다행히 앞자리에 있던 담임이 재빠르게 버스 앞쪽 천장에 매달

려 있는 검은 비닐봉지를 떼 와서 입에 대 준 덕에 바닥을
더럽히진 않았지만, 고약한 냄새가 버스 안에 진동했다.
성아 옆에 앉아 있던 아이는 흉측하게 생긴 벌레라도 본 것
처럼 기겁하며 자리에서 튕겨 일어나더니 뒤로 내뺐다. 멀
리 떨어진 자리의 여자아이들은 악악 소리를 질러 댔다.
기사 아저씨가 급하게 차를 길가에 세우자 담임은 성아를
데리고 내렸다. 성아는 길가에 쪼그려 앉아서 담임이 등을
두드릴 때마다 올깍올깍 속에 있는 것을 게워 냈다. 성아
가 더 게울 게 없어 빈 토악질만 하자 담임은 생수를 가져
와 성아 손바닥에 부어 줬다. 성아는 그 물로 얼굴을 씻고,
입을 헹궜다. 그래도 코에 밴 비릿하고 시금털털한 냄새는
가시지 않았다. 성아는 당장 집으로 돌아가고 싶었다. 담
임은 성아의 등을 토닥이면서 다 왔으니 다행이라고 했지
만, 성아가 두려운 건 차멀미가 아니었다. 성아는 아이들
이 얼마나 눈총을 줄지 빤히 알고 있었다. 아이들은 성아
가 버스에 오르자마자 대놓고 짜증 냈다. 뒤쪽에서 누군가
돼지 작작 좀 먹으라고 소리쳤다. 그 말에 아이들이 낄낄
거렸다. 성아 주변에 앉은 아이들은 성아를 힐끗거리면서
코를 잡아 쥐거나 손부채질을 했다. 성아 옆에 앉았던 아
이는 가방을 들고 맨 뒤 빈자리로 아예 자리를 옮겼다. 성
아는 죄지은 사람처럼 어깨를 잔뜩 움츠리고 의자에 앉았

다. 뒤에 몰려 앉은 남자아이들은 냄새가 아직 난다는 둥, 돼지 때문에 자기도 토할 것 같다는 둥 큰 소리로 떠들었다. 담임이 눈을 부라리면서 조용히 하라고 소리쳐 잠시 잠잠해졌지만, 곧 여기저기서 수군대는 소리가 들렸다. 성아는 그 애들이 하는 말을 온몸으로 들을 수 있었다. 교실에서 외톨이로 지내면서 성아는 소리를 귀로만 듣는 게 아니라는 걸 깨달았다. 소리는 뒤통수로도, 등으로도, 손끝으로도, 피부로도 들을 수 있다. 성아한테 퍼붓는 아이들의 날 선 말은 끝이 뾰족하다. 화살처럼 온몸에 꽂히는 소리들, 성아는 수학여행 내내 그 소리를 견뎌 내야 했다. 아이들은 뚱뚱한 걸 싫어하며, 뚱뚱한 애가 토하는 건 지독하게 싫어한다는 걸 성아는 뼛속 깊이 새겼다. 거대한 무덤 사이를 오가고, 석굴암을 오르내리면서 성아는 혼자였다. 식당에 가서도 아이들은 성아 가까이에 앉는 걸 꺼렸다. 담임이 호통 쳐서 억지로 앉은 아이들은 성아가 또 토하면 어떡하냐면서 투덜거렸다. 숙소에서도 한방을 쓰는 아이들은 성아만 남겨 놓고 다른 방으로 놀러 다녔다. 성아는 이틀 밤을 빈 방 구석 자리에 혼자 누워 이불을 뒤집어쓰고 울었다. 경주에 다녀온 뒤로 반 남자아이들은 성아와 마주치면 토하는 시늉을 했다. 별명도 돼지에서 악질로 바꿔 불렸다. 악질은 토악질의 준말이었다. 아이들은 정말

악질이었다. 성아는 인터넷 상담 게시판에 어떻게 하면 왕따를 벗어날 수 있는지 물었다. 그 게시물에 열 개도 넘는 댓글이 달렸다. 모두 진지했다. 가장 긴 댓글은 살을 빼고, 머리는 어깨까지 기르며, 앞머리는 귀여워 보이게 짧게 잘라 이마를 가리라고 일러 줬다. 또 어떤 댓글은 옷을 빨 때 섬유 유연제를 넣어 옷에서 은은한 향기가 나도록 해야 한다고 충고했다. 뚱뚱하면 공부라도 열심히 해서 아이들의 콧대를 꺾어 줘야 한다면서 중학교에 들어가면 어떻게 공부해야 하는지 친절하게 알려 준 사람의 아이디는 '왕년의 왕따'였다. 중학교에 들어가면 저절로 괜찮아질 거라고 위로한 글에는 절대 그럴 리 없다, 초등학교 때 왕따는 중학교 가서도 왕따라고 지적한 댓글이 여러 개 달려 있었다.

채라는 금방 과자 한 봉지를 다 비웠다. 비는 줄기차게 쏟아졌다. 기사 아저씨가 켜 놓은 라디오에서 흘러나오는 여자의 카랑카랑한 목소리가 빗소리를 뚫고 버스 안에 울려 퍼졌다. 여자는 전국의 강수량을 줄줄 읊었다. 곯아떨어졌던 아이들이 하나둘 깨어나 웅성거렸다. 뒤에 앉은 영호가 의자 틈새에 얼굴을 바짝 갖다 대고 웅얼댔다.

"여기가 어디쯤이냐? 휴게소 들렀냐?"

"등신, 휴게소에 들렀으면 애들이 이렇게 처자고 있겠

냐?"

채라가 눈을 하얗게 흘기자, 영호가 의자 너머로 팔을
뻗어 채라 머리를 쥐어박았다. 그러고는 성아 머리를 슬쩍
쓰다듬었다.

"착한 성아야, 물 좀 줘라."

성아는 그물망에서 반쯤 남은 생수병을 들어 영호에게
건넸다. 영호는 생수를 벌컥벌컥 마시고는 성아 머리를 다
시 쓰다듬었다.

"성아야, 오빠가 휴게소에 가면 핫바 사 줄게."

"지랄한다. 오빠는 무슨!"

채라가 입을 삐죽거렸다. 성아는 아무 말 없이 차창 밖
을 내다봤다. 세 시가 조금 넘었는데, 밖은 한밤중처럼 어
두웠다. 자동차는 모두 전조등을 밝히고 달렸다. 버스를
앞질러 달리는 자동차 후미등의 붉은 불빛이 빗줄기 사이
로 아롱댔다. 버스는 거칠게 달리는 화물차가 지나간 뒤
차선을 바꿨다. 화물차 뒤를 바짝 쫓던 자동차가 경적을
울려 댔다. 그러거나 말거나 버스는 다시 옆 차선으로 끼
어들었다. 아이들이 웅성거리는 소리가 더 커졌다. 기사
아저씨는 여자 가수의 앙칼진 노래가 흘러나오는 라디오
를 껐다. 맨 앞에 앉아 있던 담임이 부스스한 머리를 매만
지면서 통로에 나와 서서 앞쪽 선반 위에 놓여 있던 마이크

를 켰다. 날카로운 파열음이 고막을 후벼 팠다. 마이크를 껐다 켜도 쇠꼬챙이로 철판을 긁는 듯한 소름 끼치는 소리는 그치지 않았다. 담임은 마이크를 끄고 갈라진 목소리로 소리쳤다.

"휴게소에 들를 텐데, 딱 이십 분 뒤에 출발할 거야. 때가 때인 만큼 얌전히 화장실만 다녀와. 늦게 오면 한 달 내내 청소시킬 거다. 소란 피우지 말고 조용히들 다녀. 엉뚱한 짓 하지 말고. 내 말 무슨 말인지 알 거야."

담임 목소리는 점점 줄어들어 아이들이 떠드는 소리와 빗소리에 묻혀 버렸다. 담임은 운전석 뒤에 있는 봉을 단단히 붙잡고 평소처럼 고함을 치려는 듯 숨을 깊이 들이마셨지만, 버스가 휴게소 전광판 앞을 지나는 걸 보고 입을 다물었다. 아이들은 벌써 엉덩이를 들썩였다. 화장실이 급한 남자아이들은 앞으로 줄줄이 나와 섰다.

"우리 우동 먹자."

채라가 콧소리를 내면서 성아의 팔짱을 꼈다.

"나도! 나도!"

영호가 일어서 성아 자리 쪽으로 몸을 굽혀 머리를 들이밀며 소리쳤다. 채라는 영호의 머리를 손으로 밀어내며 저리 가라고 짜증을 냈다. 성아는 문득 자신이 다가가면 질색하면서 뒷걸음질 치던 아이들이 생각났다. 악질, 저리가! 냄새나! 성아는 자기 팔에 감겨 있는 채라의 팔을 힐끗 내려다봤다.

버스는 휴게소 주차장으로 천천히 들어가 먼저 도착한 버스 뒤에 섰다. 휴게소 주차장에는 차가 빼곡하게 들어서 있었다. 그 틈바구니로 교복 입은 아이들이 무리 지어 뛰어다니는 모습이 도드라졌다. 버스 문이 열리자 문 앞에 선 아이들이 우르르 빠져나가고, 통로에 따닥따닥 붙어 서 있는 아이들은 빨리 나가라고 서로 밀어 댔다. 채라는 성아 팔을 잡아끌어 통로에 비집고 들어갔다. 잠에서 뒤늦게 깬 아이들 몇몇은 멍하니 통로에 서 있는 아이들과 차창 밖을 번갈아 보았다. 채라는 앞에 서 있는 남자아이를 밀치면서 성아를 잡아끌었다.

"야, 비켜! 우리 쌀 것 같아!"

채라는 호들갑스럽게 소리치면서 여러 아이를 제치고 통로를 빠져나갔다. 성아는 채라한테 손이 잡힌 채 엉거주춤 버스에서 내렸다. 빗줄기는 가늘어져 있었다. 채라는 성아 손을 잡아끌면서 소리쳤다.

"뛰어!"

휴게소 식당은 교복 입은 아이들이 점거하고 있었다. 음식 표를 파는 곳에는 아이들이 길게 줄을 서 있었다. 채라는 까치발을 하고 앞쪽을 보다가 아는 얼굴을 보고는 얼른 그쪽으로 가면서 성아에게 작게 중얼거렸다.

"됐네. 연주 기지배, 앞에 있어."

성큼성큼 앞으로 걸어간 채라는 연주 어깨를 툭 쳤다.

"야, 너는 이런 심각한 상황에서 먹을 게 입으로 넘어가냐?"

"미친년!"

같이 줄을 선 아이들과 떠들던 연주는 채라를 보자 낄낄 웃으며 욕을 내뱉었다. 4반 연주는 채라하고 친해서 성아하고도 낯이 익었다.

"너는 이런 중차대한 상황에서 새치기를 하냐?"

"새치기는 무슨, 우동 두 개 더 주문해."

"뒤에 줄 선 거 봐라. 너 그러다가 왕따 당해. 걔도 왕따 당해서 죽은 거라잖아. 너도 얘기 들었지?"

연주는 목소리를 낮췄다.

"삼 반 애, 걔 말야. 초등학교 때부터 왕따였대. 고등학교 들어와서도 내내 그랬고. 걔네 반 애들도 다 걔를 싫어했대. 숙소에서 한방 쓴 애들도 걔하고 말 한 마디 안 했나 봐. 아니, 어떤 애가 걔 씻지도 않는다고 욕은 했다더라."

채라는 연주 말을 흘려들으면서 연주 뒤에 슬며시 섰다. 그러고는 성아 손을 잡아끌어 제 앞에 세웠다. 뒤에서 투덜거리는 소리가 들리자, 채라가 이맛살을 찌푸리며 뒤를 돌아봤다. 뒤에 선 남자아이는 채라와 눈이 마주치자 얼른 고개를 돌렸다. 채라는 남자아이를 흘겨보고는 연주에게 물었다.

"그래서 삼 반 애들은 휴게소 안 들렀다 갔냐?"

"초상집인데 그러겠냐. 아침에 바로 출발해서 벌써 집에 갔겠다. 근데 우리 반 애가 걔하고 육 학년 때 한반이었는데, 그때 수학여행 갔을 때도 왕따 당해서 걔네 엄마가 학교 찾아오고 난리도 아니었대."

"왜 왕따를 당해?"

"자세히 모르지만, 왕따의 기원이야 뻔하지……."

성아는 연주 말을 듣다 채라한테 잡힌 손을 슬그머니 뺐다.

"채라야, 나 아무래도 우동 못 먹겠어. 속이 좋지 않아서. 화장실에 갔다가 버스 탈게."

성아는 채라에게 재빨리 말하고는 식당에서 빠져나왔다. 빗발이 굵어졌다. 교복 입은 아이들이 곳곳에서 뛰어다녔다. 여자아이들은 모두 약속이라도 한 듯 한 손으로 앞머리를 붙잡고 뛰었다. 성아는 식당 앞에서 비를 뚫고 달리는 아이들을 우두커니 바라보다 한 여자아이 모습을 떠올렸다.

아이는 휴게소 한쪽에서 휴대폰을 붙잡고 울었다. 엄마,

데리러 오면 안 돼? 나 차멀미를 너무 해서 버스 타고 가면
또 토할까 봐. 반 애들이 나한테 자꾸 뭐라고 해. 냄새난다
고. 다 그래. 애들이 나하고는 말도 안 하고 그래. 엄마!

빗소리가 아이의 울음소리처럼 들렸다. 성아는 튕겨 나
가듯 빗속으로 들어가 7반이라고 쓴 종이가 유리창에 붙
어 있는 버스 쪽으로 내달렸다. 홀렁 뒤로 넘어가는 앞머
리를 잡을 생각도 하지 못한 채. 굵은 빗방울이 매섭게 온
몸으로 내리꽂혔다.

같은 초등학교에 다닌 애들이 태반인 중학교에 들어가
서도 성아는 변한 게 없었다. 여전히 뚱뚱했고, 대한민국
여중생의 징표인 앞머리를 내린 긴 머리를 했어도, 향기
나는 섬유 유연제로 빤 교복을 입어도 성아는 혼자였다.
새 학년이 시작되고 한 달쯤 지나면 여자아이들은 서너 무
리로 나뉘는데, 성아는 그때마다 무리 밖에 있는 유일무이
한 존재였다. 유일무이한 존재는 하나님이라 태초에 천지
를 창조하고 빛과 어둠을 나누고 하나님의 형상대로 남자
와 여자를 창조하셨으니, 그들은 얼마나 외로웠을까? 성
아는 엄마한테 등 떠밀려 간 교회에서 성경을 읽으며 태고
의 외로움을 생각했다. 교회를 다니면서 교회 친구를 사
귀고 난 뒤 성아는 학교에서 복도를 지나다 알은체하는 친
구가 생겼다. 그리고 중학교 3학년 때는 비로소 한 무리에

낄 수 있었다. 열두 명이었던 무리는 한 명 한 명 떨쳐 내면서 결속력을 다졌다. 어제의 친구가 오늘의 적으로 몰리는 것을 모른 체해야 무리에서 버림받지 않는다는 냉혹한 현실을 성아는 받아들였다. 사소한 이유로 가혹하게 버림받은 어제의 친구는 두 달 동안 혼자 밥을 먹다가 결국 학교를 옮겼다. 그래도 너는 나를 믿어 줄 줄 알았어. 성아는 그 친구가 전학 가던 날 보낸 문자메시지를 묵살했다. 문자메시지를 삭제하고 주소록에서 전화번호를 지웠다. 대한민국 중학교 교실에서 생존하려면 아군에게 오해 살 만한 일은 하지 않는 게 상책이며, 왕따를 동정하는 건 왕따나 하는 짓이며, 자칫 방심하면 누구든 왕따가 될 수 있으니, 부디 힘 있는 자에게 붙으라는 왕따의 묵시록을 따라야 했으니까. 성아는 밤마다 오늘 하루도 무사히 지나간 걸 감사히 여기고, 내일은 부디 내가 아닌 다른 이가 심판대에 오르기를 바랐다. 하나님께서는 사람의 죄악이 세상에 가득함과 그의 마음으로 생각하는 모든 계획이 악할 뿐임을 보시고 땅 위에 사람 지으셨음을 한탄하사 이르시되 내가 창조한 사람을 내가 지면에서 쓸어 버리리라…… 성아는 성경에 적힌 글의 무력함을 잘 알고 있었다. 교실에서 하나님의 자식들은 악하게 살아남았다. 성아는 고등학교에 입학하면서 교회에 나가지 않았다.

"왕따였느니 어쨌느니 하는 헛소문 때문에 학교 위신이 실추되는 건 용납하지 않을 것입니다. 사고 이후 교감인 내가 직접 그 반 학생들을 일일이 만나 상담해 본 결과 왕따 문제는 절대로 없었습니다. 그러므로 차후 이 문제에 대해 유언비어를 퍼뜨려 면학 분위기를 흐리고 학교 명예를 훼손하는 학생은 발본색원해서 엄벌에 처할 것입니다."

수학여행을 다녀오고 일주일이 지난 뒤 교감은 조회 시간에 방송을 통해 경고했다. 그 방송은 2학년 교실에만 나갔다. 검은 양복을 입은 교감의 얼굴은 흙빛이었다. 교감은 안경을 추어올리면서 끝말을 덧붙였다.

"특히 학교 밖에 나가 이 사건에 대해 떠드는 일이 없도록!"

교감의 말에 아이들은 심드렁했다. 아이들은 끔찍한 기억에 얽매일 만큼 한가하지 않았다. 내내 심란한 얼굴로 허둥대는 선생님들과 달리 아이들은 재빨리 일상으로 돌아왔다. 아이들은 쉬는 시간이면 복도를 뛰어다녔고, 수업 시간에 휴대폰을 쓰다가 걸려 벌점을 받고, 아프다는 핑계로 야간 자율학습 시간에 빠졌다. 방송으로 자살 방지 수업을 할 때도 아이들은 대부분 엎드려 잤다. 수학여행 다녀온 지 열흘째 되던 날, 점심시간 내내 운동장에서 공을 몰고 다닌 영호가 호들갑을 떨며 교실로 뛰어 들어왔다.

"야! 너네 들었어? 교무실 난리 났어."

영호는 마치 축구 경기 관람하는 사람처럼 목소리가 들떠 있었다. 자다가 깬 채라는 신경질을 부렸다.

"야, 시끄러워."

"지금 시끄러운 게 문제가 아니라니까. 일 층 교무실에서 쌈판이 벌어졌다니까. 삼 반에 어떤 애가 교육청 게시판에 죽은 애가 왕따 당한 게 맞다고 글을 올렸대. 그래서 지금 죽은 애 가족들이 와서 교무실에서 교감하고 싸우고 난리야."

영호 말이 끝나기가 무섭게 반 애들 몇 명은 후다닥 복도로 튀어 나갔다. 채라는 하품을 쩍 하고는 성아를 돌아봤다.

"성아야, 너 거울 있어?"

성아는 얼른 거울을 꺼내 채라에게 건넸다. 채라는 거울에 제 얼굴을 비춰 보면서 중얼거리듯 말했다.

"연주가 삼 반 애들한테 물어봤다는데, 걔 왕따 맞던데 뭐. 반에서 친한 애가 하나도 없었다던데, 교감은 아니라고 박박 우기고 난리야."

"야, 걔가 왕따 당해서 그렇게 됐으면 학교 책임이 있잖아. 그러니까 교감이 쉬쉬하는 거고. 게시판에 글 쓴 애 교감한테 불려 갔다고 하더라. 너도 까딱 말 잘못했다가는 큰일 난다. 교감이 유언비어 유포하지 말라고 했잖아."

"지랄, 유언비어는 무슨! 나는 사실을 말한 거야. 걔 수학여행 갔을 때 같이 방 썼던 애들이 뭐라고 구박하고는 방에 혼자 남겨 뒀다고 하던데 뭐."

채라 말에 옆에 있던 정현이 얼른 끼어들었다.

"나도 들었어. 내 친구가 걔랑 같은 방 썼잖아. 그런데 몇 명이 걔한테 뭐라고 욕했대. 아! 성아야, 너 그때 나무젓가락 빌리러 그 방에 갔었잖아. 그때 걔 못 봤어?"

정현이 말에 성아가 움찔했다. 주변 아이들의 눈이 모두 성아에게 쏠렸다. 성아는 머뭇대다 고개를 내저었다.

"방에 아무도 없어서……."

"그래? 만약에 네가 그때 걔를 봤으면 마지막으로 본 건데 그치?"

정현이가 성아의 어깨를 손으로 툭 치며 말했다. 성아는 자기도 모르게 몸을 뒤로 뺐다. 채라는 주머니에서 작은 빗을 꺼내 앞머리를 빗어 내리며 말했다.

"그래서 게시판에 글 쓴 애는 누구래?"

"모르지. 근데 삼 반 애들이 다 걔 욕한다더라."

영호 말에 정현이 눈을 동그랗게 떴다.

"왜?"

"몰라. 그냥 걔 때문에 삼 반 전체가 왕따 시킨 몹쓸 애들이 됐으니까."

"병신들⋯⋯. 진실을 말한 건데 뭐!"

채라는 입을 삐죽거리면서 자신이라도 진실을 말했을 거라고 했다. 아이들은 채라 말에 모두 고개를 끄덕였지만, 성아는 그럴 수 없었다.

그날 밤 성아는 또 그 아이 꿈을 꿨다. 밤바다는 미친 듯이 너울대고, 베란다에 선 아이는 금방이라도 뛰어내릴 듯이 난간에 한쪽 다리를 올려놓았다. 성아는 아이의 손목을 붙잡고 매달렸다. 제발 멈추라고. 울며불며 매달렸다. 잠에서 깨 보니 베갯잇이 젖어 있었다. 인터넷 신문에 '왕따 당하던 여학생 수학여행 중 추락사'라는 기사가 뜬 날, 성아는 베란다에 자신이 서 있는 꿈을 꿨다. 베란다 유리창에 비친 자신의 모습은 뚱뚱했다. 성아는 잠에서 깨자마자 거울을 들여다보고는 안도했다. 중학교 3학년 때부터 살을 빼려고 먹는 걸 줄였다. 자제하지 못하고 먹은 날에는 화장실에 가서 모두 토했다. 변기에 엎드려 눈물이 나올 때까지 토할 때마다 애들이 '악질'이라고 놀리던 목소리가 들리는 것 같았다. 악질⋯⋯ 그 끔찍한 별명을 벗어 버리려고 성아는 토악질을 해야 했다.

학교는 뒤숭숭했다. 아침마다 교문 앞에는 죽은 애 엄마가 진상을 규명해 달라는 피켓을 들고 서 있었다. 성아는 그 앞을 지날 때면 고개를 숙였다. 며칠 뒤에는 대여섯 명의 아주머니가 함께 서 있었다. 지역 왕따 근절 학부모 모임 회원들이라고 했다. 피켓 내용은 더 길어졌다. 왕따 피해자의 억울한 죽음을 학교는 외면하지 말아 달라고 적혀 있었다. 한 아주머니가 지나가는 아이들에게 유인물을 나눠 주며 노란색 이름표를 단 2학년 학생들을 붙잡고 물었다.

"혹시 수학여행 때 그 아이 본 적 없어요?"

성아는 그 아주머니한테 손목을 꽉 붙잡히자 소스라치게 놀랐다.

"이 학년이죠? 그 학생 몰라요? 혹시 숙소에서 본 기억 없어요?"

성아는 고개를 내저으며 뒤로 물러섰다. 아주머니는 성아 손목을 잡은 채, 서둘러 교문으로 들어가는 아이들의 뒤통수에 대고 말했다.

"목격자가 필요합니다. 여러분의 친구가 왕따를 당해 죽었잖아요. 모른 체하지 말아요."

성아는 아주머니한테 잡힌 손목을 빼지 못하고 사방을 두리번거리다 피켓을 들고 있는 죽은 애 엄마와 눈이 마주쳤다. 하지만 그 눈빛은 성아를 지나쳐 먼 곳으로 향했다. 성아는 잡힌 손을 뿌리치고 교문 안으로 달렸다. 고작 몇

걸음 뛰지 않았는데 숨이 찼다. 숨을 고르며 교문 쪽을 돌아보는데 눈앞에 채라가 서 있었다. 채라는 뒤를 힐끔거리면서 투덜댔다.

"저 아줌마들 왜 저러냐. 막 붙잡고 그래. 우리가 뭘 봤다고. 짜증 나게."

채라는 성아 팔을 휙 잡아당겨 팔짱을 꼈다.

"그리고 누가 봤으면 말하겠냐? 학교에서 쉬쉬하라는데. 원래 학교라는 데가 그래요. 인정머리라고는 눈곱만큼도 없어. 선생들은 자기한테 불똥 튈까 봐 왕따 당한 적 없다고 딱 잡아떼잖아. 삼 반 애들도 다 모른 체하고. 인간들은 사악해. 안 그러냐?"

채라가 출입구 앞에서 실내화를 내동댕이치듯 제 앞에 던지면서 성아를 툭 쳤다.

"응?"

성아가 멈칫했다.

"불쌍하잖냐? 걔."

"응."

"왕따 당한다고 뭘 죽고 그러냐."

성아는 대꾸하지 않았다. 너는 모르겠지. 한 번도 왕따를 당해 본 적 없는 너는 모르겠지. 중학교 때 요란하게 놀았다는 채라를 애들은 한물간 날라리라고 뒤에서 수군대면서도 함부로 대하지는 않았다. 성아는 실내화로 갈아 신고 성큼성큼 걸어가는 채라를 뒤따라가면서 중얼거렸다. 당해 본 사람은 알아.

성아는 오전 수업 시간 내내 힐끔힐끔 교문 쪽을 내다봤다. 피켓을 들고 서 있는 아주머니는 그 자리에서 단 한 발짝도 움직이지 않았다. 그곳에 박힌 듯, 뿌리를 내린 듯 꼿꼿하게 선 채로 간혹 하늘을 올려다봤다. 아무것도 없는 텅 빈 하늘을.

쉬는 시간에 영호가 창문 난간에 걸터앉아 몸을 길게 빼고 교문 쪽을 보면서 중얼거렸다.

"저래 봤자 소용없을 텐데……. 왕따 당한 걸 누가 증명하겠냐? 게시판에 글 쓴 애도 전학 가게 생겼더라. 선생들도 난리 치고, 반 애들도 왕따 시키고."

영호 말에 성아는 괜히 몸이 움츠러들었다. 오후 수업 때 교문 앞에 구급차가 왔다. 애들은 죽은 애 엄마가 쓰러져 실려 갔을 거라고 수군댔다. 종례 시간에 한 아이가 담임한테 구급차가 왜 왔느냐고 물었지만, 담임은 입을 꾹 다물었다.

성아는 피켓을 들고 있던 아줌마의 창백한 얼굴이 떠올랐다. 그리고 그 아이의 뒷모습도. 성아는 석식 시간에 교무실로 담임을 찾아갔다. 책을 보고 있던 담임은 성아를 흘낏 보고는 심드렁하게 말했다.

"왜? 야자 빼 달라고?"

"아뇨."

"그럼 왜?"

성아는 입이 떨어지지 않았다. 담임이 기지개를 켜면서
어서 말하라고 재촉했지만, 성아는 말이 입속에서만 맴돌
뿐 튀어나오지 않았다.

"무슨 일 있니?"

"아니, 그게 수학여행 때요……."

"수학여행 때 뭐?"

담임은 옆에 놓인 물컵을 들어 천천히 물을 마시면서 성
아를 쳐다봤다. 성아는 침을 꼴깍 삼키고 입을 뗐다. 그때
전화벨 소리가 울렸다. 성아와 담임은 자연스레 그쪽으로
시선이 갔다. 전화기 가까이 앉은 수학 선생이 수화기를
들고는 2학년 교무실입니다 하는데, 담임이 성아 팔을 툭
쳤다.

"박성아, 뭐라고?"

"그게……."

성아가 말을 하려는데, 수학 선생이 수화기를 소리 나게
내려놓으면서 화를 버럭 냈다.

"이건 뭐 하루 이틀도 아니고. 우리가 무슨 죄인이야? 어

디다 대고 막말을 해? 아니, 우리가 떠다밀었냐고?"

　수학 선생은 성아와 눈이 마주치자 얼른 고개를 돌렸다. 담임이 목을 길게 빼고 수학 선생을 넘겨다보면서 물었다.

　"또 항의 전화예요?"

　수학 선생이 고개를 끄덕였다.

　"뭐, 항의도 아니고 욕을 하는데……."

　"어휴, 정말 이 짓도 힘들어 못 해 먹겠네요."

　담임이 한숨을 내쉬며 성아를 올려다봤다.

　"박성아, 할 말 있으면 빨리하고 가. 선생님 보충수업 있어."

　"아니, 그게. 저 별거 아니라서……."

　성아는 우물쭈물 대다가 다음에 말하겠다고 하고는 교무실을 빠져나왔다. 해가 떨어진 복도는 음산했다. 교무실 건너편에 있는 3반 교실은 앞뒷문이 꼭 닫힌 채 조용했다. 아이들은 모두 책상에 고개를 박고 책을 들여다보고 있었다. 복도 쪽에 앉아 있던 아이가 일어나 창문을 열다 성아와 눈이 마주치자 샐쭉한 표정으로 얼굴을 돌렸다. 3반에 빈자리는 보이지 않았다. 이미 그 아이는 세상에서 잊히고 있었다. 이름도 없이 죽은 애로 불리다 흔적도 없이 사라지는.

　성아는 느닷없이 토악질이 나와 화장실로 달려갔다. 성

아는 변기를 붙잡고 헛구역질을 했다. 점심도 저녁도 걸러서 나오는 게 없었다. 성아는 손가락을 목구멍 깊숙하게 집어넣으면서 담임한테 못 한 얘기를 뱉어 냈다.

내가 걔를 봤다고요. 그날, 베란다 앞에 서 있는 아이를 봤어요. 그 아이가 뒤를 흘낏 돌아봤는데 나하고 눈이 마주쳤다고요. 아이는 울고 있었어요. 그때 내가 그 아이에게 알은체를 했으면, 그 아이는 살았을지 몰라요.

성아는 웩웩 소리를 내면서 변기에 고약한 냄새의 누런 물을 쏟아 냈다. 성아는 주르륵 볼을 타고 내리는 눈물을 손으로 쓰윽 닦아 냈다. 그래도 그러지 말지. 그냥 좀 참지. 살아 보지. 성아는 베란다에서 서 있던 아이의 모습이 선명하게 떠올랐다. 그때 그 아이는 마치 초등학교 때 자신의 모습 같았다. 성아는 화장실 바닥에 철퍼덕 주저앉아 변기 안에 고인 누리끼리한 물을 들여다봤다.

을지로 순환선을 타고

뚜라 눈에 그것은 마치 거대한 생물체처럼 보인다. 그것은 철로를 따라 머리를 깊숙이 들이밀며 소리 없이 미끄러진다. 요란한 것은 사람들이다. 그것의 이마에 불뚝 튀어나온 눈알에 서 뿜는 빛이 발아래 미치기도 전에 사람들은 호들갑을 떤다.

"지금 신도림, 신도림행 열차가 들어오고 있습니다. 손님 여러분께서는 한 걸음 물러나 주시기 바랍니다."

긴 시간 쉬지 않고 반복한 여자 목소리에는 감정이 배어 있지 않다. 다가오는 열차를 피해 물러나든, 누구 하나 뛰어들든 아무 상관이 없다는 투다. 그래도 사람들은 여자 말이 끝나기가 무섭게 주춤 뒤로 한 걸음 물러서거나 둘레

거리며 자신이 서 있는 자리가 안전한지 확인한다.

신도림행 열차가 멈춰 선 뒤 '언제든 너를 환영한다.'는 듯 환한 불빛을 쏟아 내며 문을 활짝 열었지만 뚜라는 외면했다. 뚜라가 기다리는 건 성수에서 출발하는 성수행 마지막 열차다. 그 차를 타야 다시 성수역에 돌아올 수 있다. 그러니까 그 차를 타면 마흔세 개 역을 거쳐 정확하게 한 시간 이십칠 분 뒤에 뚜라가 지금 서 있는 자리로 돌아온다.

뚜라는 성수역 근처 제본소에서 일하면서부터 한 달에 서너 번씩 을지로 순환선 막차를 탔다. 막차는 하루 종일 일에 절어 늘쩡거리는 사람들과 술에 절어 흐늘쩍대는 사람들을 실어 나른다. 어두운 터널을 지나고 네온사인마저 꺼져 가는 깜깜한 도심을 통과하는 사이 사람들은 아침에 떠나 왔던 제 집으로 돌아간다. 뚜라는 열차가 정차할 때마다 서둘러 내리는 사람들의 구부정한 등을 눈으로 좇았다. 그들은 곧 눈앞에서 사라졌지만, 뚜라의 머릿속은 끈질기게 그들의 뒤를 좇았다.

그들은 지하철역 개찰구를 빠져나가 긴 그림자를 끌고 가로등 아래를 지나서 제 집 대문 앞에 설 것이다. 대문을 박차고 들어간 아이는 무거운 가방을 던져 놓고 어머니에게 투정을 부릴 테고, 발등이 통통하게 부어오른 어머니는 동네 가게에서 산 과일을 깎아 자신을 기다리던 아이들 입에 넣어 줄 것이다. 다른 날보다 늦은 술 취한 아버지는 아이 방으로 뛰어 들어가 잠든 아이의 볼을 제 볼로 비벼 댈 것이다. 뚜라는 투정 부리는 아들이 되고, 어머니가 솜씨 좋게 깎아 준 과일을 베어 먹고, 아버지 입에서 풍기는 고약한 술 냄새에 코를 쥔다. 그러다 보면 을지로 순환선은 랑군*에서 친구들과 재미 삼아 타던 랑군 순환선이 된다.

그렇지만 한 시간 이십칠 분이 지나면 현실로 돌아와야 한다. 시계탑 종소리가 신데렐라에게 '꾸물대다가 네 신세 들통날 수 있으니 서둘러라.' 한 것처럼 을지로 순환선 안내 방송 아가씨는 뚜라에게 상냥하게 말해 준다.

"정신 차리세요. 이 차는 랑군 순환선이 아니라 을지로 순환선입니다. 이번 역은 이 열차의 종착역인 성수, 성수역입니다. 그러니까 뚜라 당신은 동성제본소 막일꾼 되시겠습니다. 내리실 때는 차 안에 두고 내리는 물건이 없는지 다시 한 번 살펴보시기 바랍니다."

뚜라의 짧은 여행은 늘 그렇게 끝났다. 뚜라가 차 안에 두고 내리는 것은 17년 동안 쌓은 추억이다. 뚜라는 추억을 켜켜이 들춰 보다가 슬며시 열차 안에 놓고 내린다. 그것은 안내 방송 아가씨가 "두고 내리는 것이 없는지 살펴

* 버마의 옛 수도로 버마에서 가장 큰 도시다.

보라."고 아무리 애원해도 가져갈 수가 없다. 쉴 새 없이 뛰어다녀야 하는 제본소와 밤새 추위와 싸워야 하는 옥탑방에는 뚜라의 추억을 쑤셔 넣을 틈이 없기도 하지만, 아직 눈물이 배어 있는 추억은 끌고 다니기에는 너무 무겁다.

뚜라의 나이를 고쳐 신분증을 만들고, 브로커에게 줄 돈을 마련하느라 얼굴이 누렇게 뜬 어머니가 그랬다.

"돌아보지 말고 앞만 보고 살아라. 그래야 살 수 있다."

어머니는 한국에 가는 걸 앞만 보고 달리는 기차에 오르는 것으로 생각했다. 아들이 달리고 달려 너저분한 과거로부터 멀어진 곳에 정차하기를 바랐다. 그런데 뚜라는 여전히 한 걸음도 앞으로 나가지 못한 채 을지로 순환선에 올라 돌고 돌았다.

오늘도 뚜라는 야근을 마치자마자 성수역으로 달려왔다. 신도림행 열차가 떠난 뒤 막차만 남은 플랫폼을 채우는 건 사람이 아니라 바람이다. 열대 기후에서 태어나 흐무러진 심장은 뼛속까지 파고드는 한국의 지독한 추위를 견디기가 쉽지 않았다. 숨을 들이쉴 때마다 심장이 자꾸 오그라들었다. 뚜라는 견디다 못해 주머니 속에 있던 두 손을 꺼내 입에 갖다 대고 입김을 불었다. 플랫폼에 서 있는 몇몇 한국 사람들도 추운 건 마찬가지인지 두꺼운 외투

깃을 세우고 목을 잔뜩 움츠리고는 동동거렸다. 건너편 플랫폼에 서 있는 여학생만 빼고.

외투도 없이 교복만 입은 여학생은 등을 꼿꼿하게 편 채 서 있었다. 날 선 바람을 그대로 맞고 있는 여학생의 얼굴이 파랗게 질려 있었다. 아니 청색 웃옷 안에 받쳐 입은 흰 블라우스도, 껑충한 치마 아래 드러난 종아리도 언 듯 푸르스름해 보인다.

뚜라는 여학생이 행여 자기를 쳐다볼까 봐 입김을 불어 녹이던 손을 얼른 주머니에 넣었다. 왠지 그래야 할 것 같았다. 자신도 여학생처럼 찬바람을 당당하게 이겨 내는 것처럼 보이고 싶었다. 그렇지만 여학생은 그를 쳐다보지 않았다. 여학생은 미동도 없이 열차가 들어올 쪽만 바라보았다. 얼마 뒤 여학생 머리 위에서 시끄러운 벨 소리와 함께 안내 방송이 흘러나왔다.

"지금 삼성, 삼성행 열차가 들어오고 있습니다. 손님 여러분께서는 한 걸음 물러나 주시기 바랍니다."

여학생은 움직이지 않았다. 한 걸음 뒤로 물러서지도, 주위를 살피며 안전거리를 확보하지도 않았다. 건너편 안내 방송이 나오자마자 저도 모르게 뒤로 한 걸음 물러선 뚜라는 꼼짝 않는 여학생을 보자 조금 무안해졌다. 그래서 괜히 자신이 서 있는 플랫폼의 전광판을 쳐다보았다. 전광판은 다음 열차가 성수행이라는 것만 알려 줄 뿐이었다.

오늘은 저쪽이 빨리 왔네. 뚜라는 그렇게 중얼거리면서 다시 건너편 플랫폼을 건너다보았다. 그 순간 뚜라는 여학생과 눈이 마주쳤다. 여학생은 뚜라의 눈길을 피하지 않고 빤히 쳐다봤다. 아니 여학생의 눈빛은 뚜라의 몸을 꿰뚫고 지나 더 먼 곳을 바라보는 것 같았다.

깊은 우물처럼 그 속을 짐작할 수 없는 눈빛. 너무 깊어 텅 비어 보이는 눈빛. 뚜라는 그 눈빛을 본 적이 있다. 결코 끄집어내고 싶지 않은 어두운 기억 속에서 그 눈빛은 여전히 생생하게 살아서 뚜라를 바라보았다.

뚜라는 저도 모르게 진저리를 쳤다. 삼성행 열차가 서서히 플랫폼에 머리를 들이밀고 있었다.

뚜라는 여학생의 눈빛을 다시 확인하고 싶어 얼른 건너편 쪽을 넘겨다보았는데, 삼성행 열차 앞머리가 뚜라 앞을 지나는 찰나 여학생은 거짓말처럼 눈앞에서 사라지고 말았다.

뚜라는 여학생이 사라진 줄 알았다. 하늘로 솟을 수도, 땅으로 꺼질 수도 없는데 그렇게 믿었다. 삼성행 열차 앞머리가 정지 표지판에 닿기 전에 귀청이 찢어질 것 같은 쇳소리를 내면서 급히 정지할 때도, 역무원들이 허둥지둥 철로로 뛰어내릴 때도 뚜라는 여학생이 어디로 갔을까 두리번거렸다.

여학생은 사라진 게 아니었다. 여학생은 세상에서 사라지고 싶었겠지만, 사람들은 곧 여학생을 찾아냈다. 뚜라는 급정지한 삼성행 열차 앞머리에 사람들이 모여드는 걸 물끄러미 보다가 선로에 걸쳐져 있는 여학생의 가냘픈 두 발목을 보았다. 신발이 벗겨진 한쪽 발은 어린아이의 발처럼 너무 작았다. 저 작은 발로는 세상에 설 수 없었던 걸까. 뚜라는 여학생 발목 아래로 시뻘건 피가 번져 작은 발을 감싼 흰 양말을 물들이는 걸 보고 질끈 눈을 감았다.

"죽은 거예요? 구급차는 왜 안 와?"

"누구예요?"

"모르죠. 여학생인 것 같은데……."

"저런, 세상에 어째. 정말 구급차는 왜 안 오는 거야."

사람들의 웅성거림 속에서 한 젊은 남자의 목소리가 뚜라 귓속을 파고들었다.

"에이. 씨발. 재수 없게. 야, 나 버스 타고 가야겠다……. 몰라, 누가 뛰어내렸어. 그래. 차가 오는데 그랬다니까. 정말 돌겠다. 오늘 일이 안 풀리더니 끝까지 그러네. 씨발, 정말이라니까. 피가 철철 흐른다니까. 씨발. 사진 찍어 보내야 믿겠냐? 그래……."

씨발. 여학생은 알았을까? 자신이 세상을 떠난 뒤 첫 추

모사가 욕이 될 거라는 걸. 뚜라는 가슴에서 뜨거운 불이
일었다.

"씨발."

뚜라는 저도 모르게 입에서 욕이 튀어나왔다. 뚜라는 몸
을 휙 돌려 전화하는 남자의 몸을 밀치고는 계단 쪽으로 달
려갔다.

"에이. 씨발."

젊은 남자의 욕이 뚜라의 뒤통수를 후려쳤다.

"씨발, 씨발, 씨발……."

뚜라도 연거푸 욕을 해 대며 계단을 뛰어 내려갔다. 뚜
라는 자신을 바라보던 여학생의 눈빛을 떨쳐 내기 위해 더
힘껏 다리를 뻗었다. 하지만 그 여학생의 눈빛은 뚜라 앞
에서 먼저 기다리고 있었다.

"팅따로 마핏캐 엥 겅메!*"

뚜라는 역을 빠져나와 어두운 거리를 달렸다. 뚜라는 공
장을 향해 달리고 있었지만, 뚜라의 기억은 2년 전 버마로
내달렸다.

2007년 9월 버마**는 술렁였다. 정부가 하루아침에 아무

---

* "내가 잘못 본 것이길."이라는 버마 말.
** 군사정권은 멋대로 나라 이름을 버마에서 미얀마로 바꿨다. 줄기차게 군사
   정권에 맞서 싸우는 이들은 미얀마가 아니라 버마로 불리길 원했다.

말 없이 천연가스 가격을 다섯 배, 기름 가격을 두 배나 올리자 그동안 참고 참았던 사람들의 입에서 비명이 터져 나왔다. 1988년 민주화를 외치는 사람들을 무참하게 짓밟고 들어선 군사 정권에 20여 년 동안 억눌렸던 불만이 한꺼번에 터져 나온 것이다. 그동안 버마 땅 구석구석에 뻗쳐 나간 군사 정권의 촉수는 집요하고 질겼다. 득이 되는 것은 아귀처럼 뭐든지 집어삼켰고, 해가 될 만한 것은 싹이 자라기도 전에 잘라 버렸다. 버마에는 135개 민족이 살았지만, 군사 정권이 들어선 뒤로는 군인 종족이 추가되었다. 그들은 135개 민족을 발밑에 둔 최고의 권력으로 군림했다. 그들은 철옹성을 세우고 그 안에서 모든 걸 누렸다. 성 밖에서 135개 민족이 죽어 가도 그들은 아랑곳하지 않았다. 그들의 탐욕은 끝이 없었지만, 아무도 그들을 멈추게 할 수 없었다. 그런데 2007년 9월은 달랐다. 랑군 곳곳에서 승려와 학생, 시민 수만 명이 일주일이 넘도록 시위를 했다. 더는 빼앗길 게 없는 사람들은 두려움마저도 없었다.

9월 27일, 그날 거리를 메운 승려와 시위대는 총을 든 군인들 앞에서 손뼉을 치며 국가를 불렀다. 뚜라도 학교 친구들과 그 자리에 있었다. 목이 쉬도록 국가를 부르며 가슴이 터지도록 독재자는 물러나라고 소리쳤다. 써베도 그곳에 있었다. 뚜라가 손을 뻗으면 닿을 수 있는 곳에 서 있었다. 뚜라는 구호를 외치면서 가끔 흰 끈으로 단정하게 묶은 써베의 검은 머리카락을 쳐다봤다. 햇빛 아래서 머리카락은 검은 비단처럼 빛났다.

뚜라는 해산하지 않으면 발포하겠다는 경고 방송을 듣고 써베를 불렀다.

"그만 돌아가. 위험할지도 몰라."

뚜라 말에 써베는 아무 말 없이 환하게 웃었다. 그게 마지막이었다, 써베의 웃음을 본 것은. 발포하겠다고 경고한 군인들은 얼마 지나지 않아 정말 총을 난사했다. 땅땅 터지는 총소리는 마치 축제날 터뜨리던 폭죽 소리 같았다. 어리둥절한 사람들은 무슨 일인가 싶어 까치발을 하고 소리 나는 쪽을 넘겨다보았다. 설마 총을 쐈을 거라고는 생각하지 않았다. 앞에는 승려들이 있지 않은가. 사람들은 부처의 자비가 어리석은 이들을 깨우쳐 주길 믿었는지 모른다. 그렇지만 잇따라 터지는 총소리는 그곳이 자비가 닿을 수 없는 지옥이라는 걸 보여 줬다.

"총이야, 총. 사람들이 죽었어."

뚜라는 어깨에 총을 맞고 피를 흘리며 오는 사람을 보는 순간 써베의 등을 떠밀었다.

"어서 뛰어!"

등 뒤에서 총소리가 더 요란해지면서 거리는 순식간에

아수라장이 되었다. 사람들은 넘어지고 엎어지며 흩어졌다. 뚜라는 사람들에게 떠밀리면서 분명히 앞서 뛰어가는 써베의 흰 머리끈을 보았다. 하지만 그건 착각일 수 있다. 총소리와 함께 곳곳에서 뿌연 연기가 일면서 뚜라의 머릿속도 연기로 가득 찼으니까. 그때 귀로 듣고 눈으로 본 모든 것은 연기에 휩싸여 뚜렷하지 않았다.

총소리가 멈추고 도망치던 시위대가 하나둘 제자리로 돌아왔을 때 거리 곳곳은 붉은 피로 물들어 있었다.

어느 가게 앞에 쪼그리고 앉아 있던 뚜라는 자신을 부르는 친구의 목소리에 정신을 차렸다. 얼굴이 잔뜩 일그러진 친구는 막무가내로 뚜라의 손목을 잡아끌었다.

"왜 그래?"

"빨리 와 봐. 써베, 써베가……."

써베 이름이 친구 입에서 흘러나오는 순간 뚜라는 다리 힘이 풀렸다. 알 수 없는 불길한 기운이 뚜라의 발목을 잡아당겼다. 그 힘은 너무 거세어서 물리치기 힘들었다. 뚜라는 간신히 발걸음을 떼면서 기도했다.

"부처님의 자비를 비나이다. 자비를 비나이다. 자비를 비나이다."

뚜라는 빌고 또 빌었지만 써베가 누워 있는 그 자리에 자비는 없었다. 지옥에는 부처가 살 리 없었다. 부처뿐만 아니라 피투성이가 된 써베를 지켜 줄 신은 세상에 없었다. 뚜라가 다가갔을 때 써베는 마지막 숨을 거칠게 내쉬며 세상을 떠나고 있었다.

"써베, 써베."

뚜라가 부르는 소리에 써베가 뚜라와 눈을 맞췄다. 써베의 텅 비어 있는 눈빛은 뚜라에게 잠시 머무는 것 같더니 뚜라의 가슴을 관통해 그 너머 살아서는 갈 수 없는 세상을 보고 있었다. 열일곱 살의 나이로 허망하게 세상을 떠난 써베의 그 눈빛. 성수역에 서 있던 여학생의 눈빛은 써베의 그 눈빛과 같았다.

뚜라는 숨차게 뛰면서 중얼거렸다.

"이건 말도 안 돼. 말도 안 돼."

뚜라는 제본소 옥상 방으로 뛰어 들어가자마자 이불 속으로 기어들었다. 이불 속은 냉동실처럼 차가웠다. 뚜라는 어머니 자궁 안에 있는 아기처럼 웅크렸다.

"괜찮을 거야. 아무 일도 없을 거야……."

써베가 죽은 뒤 뚜라는 아무것도 하지 못했다. 눈을 감으면 피범벅이 된 써베의 얼굴이 떠올랐고, 길에 나가면 수많은 신발이 나뒹구는 길바닥에 흘러내리던 써베의 선홍색 피가 선명하게 떠올랐다. 비 내리는 날 도랑을 흐르는 물빛도 핏빛 같아 몸서리를 친 게 한두 번이 아니었다. 두려웠다. 죽지 않고 살아 있다는 게. 아무렇지 않게 살아야 한다는 게.

어머니 말대로 한국에서는 잊고 살아 보려고 했다. 나쁜 기억은 모조리 지우고 다른 것으로 덮어 보려고 했다. 그렇지만 그날의 기억은 칠판에 힘줘 쓴 흰 분필 글씨처럼 아무리 지워도 희미하게 남아 있었다. 도리어 날이 갈수록 기억은 또렷하게 드러났다. 써베는 죽은 채 살아 있었다. 그리고 뚜라는 산 것도, 죽은 것도 아닌 것처럼 그냥 그곳에 있었다. 써베와 함께.

"써베, 그 아이를 살려 줘. 그 아이는 살게 해 줘."

뚜라는 밤새 덜덜 떨며 빌고 또 빌었다. 그러다 까무룩 잠이 들면서 뚜라는 여자아이가 지하철을 타고 손을 흔들며 가는 꿈을 꿨다.

그 여자아이는 죽지 않았을지 모른다…….

"어젯밤 열한 시 서울 성수역 지하철 2호선 승강장에서 열일곱 살 김모 양이 역사에 들어오는 열차에 뛰어들어 스스로 목숨을 끊었습니다. 사고 직후 김모 양은 병원에 이송되던 중 숨을 거뒀습니다. 경찰은 김모 양이 성적을 비관해 자살한 것으로 보고 있습니다. 사고 현장에 떨어진 김모 양의 가방에는 가족과 친구들에게 남기는 유서가 들어 있었습니다. 경찰은 김모 양의 유가족들을 만나 사고 경위를 조사하고 있습니다."

다음 날 아침 제본소에 켜 놓은 라디오에서 흘러나오는 뉴스 앵커의 목소리는 지하철역 안내 방송처럼 담담했다. 사람이 죽었는데, 세상은 아무렇지 않았다. 라디오는 뉴스를 마치자마자 흥겨운 음악을 내보내고, 제본소 기계는 척척 잘도 돌아갔다. 고가 위 을지로 순환선은 제시간에 딱딱 맞춰 달리고, 사람들은 때가 되면 우적우적 밥을 먹었다. 써베가 죽고 수많은 승려와 시민들이 죽은 버마에서도 그랬다. 함께 숨 쉬던 사람을 영원히 볼 수 없게 되었는데, 세상은 아무렇지 않았다. 총질을 해 대던 군인들은 시위대를 몰아내고 뻔뻔하게 거리를 활보했다.

죽은 사람은 있어도 뉘우치는 사람은 없었다.

라디오에서는 한 시간마다 한 번씩 열일곱 살 김모 양의 죽음을 알렸고, 정오 뉴스에서는 김모 양의 성적이 꽤 우수했다는 소식을 덧붙였다.

앵커는 공부 잘하던 아이가 죽었다는데 이래도 슬프지 않니? 하고 묻는 것 같았다. 슬프긴, 공장 귀퉁이 작은 사무실에서 점심을 먹던 박 부장은 밥알을 튀겨 가며 끼어들었다.

"배부르고 등 따스우니까 그려. 고생 않고 산 것들이라. 죽을 각오로 살아 봐. 그럼 못 살 게 뭐가 있어. 요즘 것들은 정신 상태가 빠져 가지고…… 피땀 흘려 키운 제 부모를 생각해 봐. 멀거니 왜 죽어. 죽길……"

뚜라는 밥을 먹다 박 부장을 힐끔 보고는 다시 밥 먹는 데 집중하려 했지만, 자꾸 속이 뒤틀렸다. 멀거니…… 박 부장은 뚜라에게도 툭하면 "빨리 일 안 하고 멀거니 서서 뭐하는 거야?"라고 했다. 뚜라는 '멀거니' 뜻을 정확하게 알지 못했지만, 죽은 사람에게 할 말은 아닌 게 분명했다. 박 부장은 숟가락을 든 채 소주잔을 들이켜고는 목소리를 높였다.

"공부하기가 아무리 힘들어도 먹고살기보다 힘들어?"

"자살도 유행이죠, 뭐…… 애들이 걸핏하면 뛰어내리고 달려드니까. 시험 못 봤다고 죽어, 왕따 당한다고 죽어……"

김 과장이 박 부장의 빈 술잔에 소주를 부어 주면서 거드는 말에 뚜라는 멈칫했다. 뚜라가 제본소에 온 날 밤 김 과장이 소주 두 병을 들고 술 냄새를 풍기며 옥상 방에 찾아와 싫다는 뚜라에게 기어코 소주를 먹이고는 지껄인 말이 떠올랐다.

"씨발, 온갖 것들이 돈 번다고 와서 들이댄다니까. 아주

유행이에요, 유행."

그날 밤, 참지 말고 김 과장의 턱을 날려 버렸어야 했다. 그래야 했는데…… 뚜라는 선로에 걸쳐져 있던 여자아이의 작은 발이 떠올라 숟가락을 내려놓았다. 만약 그러지 않았다면 숟가락을 김 과장 턱에 날렸을지도 모른다. 그러기 전에 제본소에서 가장 나이가 많은 최영숙 아주머니가 나섰다.

"그런 소리들 말아. 오죽하면 죽겠어. 요즘 애들이 그게 어디 사는 거야? 하루 종일 학교 있다가 밤에는 학원에 끌려다니고. 다들 제 깐에는 죽어라 하는데 그 정도로는 어림없다고 다그치니 살겠어? 내가 보기에는 공부가 젤로 힘들어. 한창 밖으로 나가고 싶을 때 앉아서 공부하는 게 뭐가 쉬워. 부장님은 공부 잘했어요? 나이 들어 보니까 공부가 쉽게 느껴지는 거지. 나는 지금도 학교 다시 다니라면 싫어. 어휴 지겨워. 이놈의 나라는 아이들한테 아주 지옥이야, 지옥. 뚜라, 그 나라는 안 그러지?"

밥을 다 먹은 아주머니가 물을 마시면서, 의자에서 일어나려는 뚜라를 쳐다봤다. 뚜라는 엉거주춤 선 채 아무 대답도 하지 못했다. 그러자 김 과장이 코웃음을 치며 비아냥댔다.

"쟤가 알긴 뭘 알아요? 그 나라가 경쟁을 해, 뭘 해. 굶어 죽을 판국인데도 행복 지수는 높다더만. 아무 생각 없이들 사는 거지. 그런 천국을 놔두고 지옥에 와서⋯⋯."

천국? 그러니까 헤븐? 김 과장의 입에서 천국이라는 말이 나오는 순간 뚜라는 자리를 박차고 일어나 건너편에 앉은 김 과장의 턱을 날렸다.

그래, 버마는 헤븐이다. 네가 헤븐을 아니? 써베는 정말 헤븐에 있다. 인 헤븐이라고 새끼야. 뚜라는 그렇게 말하려고 했지만, 뚜라 입이 떨어지기 전에 의자에 앉은 채 뒤로 벌렁 넘어진 김 과장이 벌떡 일어나 달려들었다. 김 과장은 뚜라의 멱살을 잡고는 주먹을 휘둘렀다. 뚜라도 지지 않았다. 둘은 엉겨 붙은 채 바닥을 뒹굴었다. 둘을 뜯어말리던 최영숙 아주머니가 물을 끼얹지 않았다면 둘은 그렇게 들러붙은 채 세상 끝까지 굴렀을지 모른다. 둘이 머리에 물을 뒤집어쓰고는 싸움을 멈추자 그때까지 멀거니 서 있던 박 부장이 혀를 끌끌 찼다.

"잘들 한다. 잘들 해. 하여간 요즘 젊은것들은 툭하면 싸움질이니. 오늘 오후에 만 부 납품하는 거 알지? 사장한테 욕먹지 말고 알아서들 해."

박 부장이 캭캭 소리로 가래를 돋우며 사무실을 나가자 젖은 머리가 이마에 찰싹 달라붙은 김 과장이 뚜라를 노려보며 뒤를 따랐다.

"어린놈의 새끼가……."

김 과장이 중얼대는 소리에 뚜라가 발끈하자 최영숙 아주머니가 옷소매를 붙잡았다.

"그만해. 그 정도 했으면 됐어. 저거 김 과장 간죽거리는 거 보기 싫었는데……. 제 놈이 나이가 많으면 나잇값을 해야지. 막냇동생 같은 거 맨날 못 잡아먹어 안달이야, 안달이. 나라가 어디든, 피부색이 다르든 뭔 상관있어. 아무튼 김 과장 오늘 좀 식겁했겠지. 그나저나 약국에 가서 약 좀 사 와야겠네."

최영숙 아주머니는 눈가에서 피가 흐르는 뚜라를 의자에 앉혔다. 그리고 벽에 대롱대롱 매달려 있는 휴지를 끊어 뚜라의 눈썹 주변을 꾹꾹 눌러 피를 찍어 냈다.

"뚜라가 보기보다 강단이 있네. 비쩍 말라서 비실비실할 줄 알았더니 아니네. 잘했어. 그래, 남의 나라라고 기죽지 말고 못되게 구는 놈들 있으면 들이받어. 그래야 살아."

뚜라는 들이받으라는 말을 입속으로 되뇌었다. 들이받으라는 건 싸우라는 말과 비슷한 것 같은데, 더 공격적으로 들렸다.

"둘이 받어?"

그날 밤 뚜라가 다쳤다는 말을 듣고 부랴부랴 달려온 나갈리가 고개를 갸웃거렸다.

"둘이 싸우는 걸 둘이 받는다고 하나? 처음 듣는 말이야. 오늘 네가 싸웠다는 말 듣고 놀랐어. 항상 축 늘어져 있어서 걱정했거든. 잘했어. 많이 아프니?"

나갈리는 찢어진 뚜라의 눈가를 유심히 들여다보았다. 한국에 있는 버마 사람들의 궂은일을 제 일처럼 쫓아다니는 나갈리는 뚜라를 당장 병원에 데려가려 했다.

"아니. 괜찮아, 형."

"상처가 아물지 않으면 말해. 일요일에도 여는 병원이 있으니까. 어쨌든 잘했어. 한국 놈들한테 당하기만 하면 안 돼. 오늘처럼 너를 얕보는 놈한테는 덤벼 싸워."

"둘이 받어?"

뚜라 말에 나갈리가 웃음을 터뜨렸다.

"그래, 둘이 받어…… 그런데 조심해야 해. 다치지 않도록. 오다가 박 부장 만나서 얘기했어. 너 좀 잘 봐 달라고 말야. 내가 전에 같이 일해서 알아. 박 부장이 술을 많이 마셔서 그렇지 사람은 좋아. 여기서 기술 잘 배워."

"응."

"요즘도 버마 생각하니?"

나갈리는 뚜라가 버마에서 어떤 일을 겪었는지, 어떤 상처가 있는지 알고 있었다. 나갈리가 처방한 뚜라의 상처 치유 방법은 정면 돌파! 나갈리는 버마 이주 노동자들이 모여 버마 민주화 운동을 하는 '버마행동'에 뚜라가 들어와 함께 일하길 바랐다. 그렇지만 뚜라는 어떤 행동도 하고 싶지 않았다. 버마 사람들조차 만나는 게 꺼려졌다. 그날, 버마가 지옥이 되던 그날을 직접 겪지 않은 사람하고는 얘기도 하고 싶지 않았다.

뚜라는 아무 대답 없이 나갈리가 가져온 버마 차를 우려 찻잔에 따랐다. 익숙한 차향이 코끝을 스치자 찻잔이 아니라 가슴에 먼저 푸른 물이 고였다. 뚜라는 먹먹한 가슴에 뜨거운 차를 들이부었다. 나갈리도 아무 말 없이 차를 마셨다.

"형, 어제 성수역에서 여학생이 죽었어요. 달려오는 열차에 뛰어들었어요."

뚜라가 말하는 사이 멀리서 전철 지나가는 소리가 들렸다. 성수행 막차는 아직 멀었다.

"그런 일이 있었구나. 한국이 자살률이 높은 나라잖아. 특히 학생들이 많이 죽어. 대학교 입학하기가 어렵거든. 입시지옥이라는 말이 있어. 한국 교육 문제가 심각한데 어떻게 안 되나 봐. 아이들만 죽는 거지. 한국 아이들 불쌍해."

"불쌍해……. 그래 모두 불쌍하지. 남의 손에 죽든, 스스로 죽든. 다 지옥이야."

뚜라 말에 나갈리가 뭔가 대꾸하려는 듯 입술을 달싹거리다가 이내 입을 다물었다. 나갈리는 묵묵히 차를 마시다가 간다고 방을 나서면서 겨우 한마디를 던졌다.

"내일 버마 대사관 앞에서 집회가 있어. 전화해라."

나갈리가 돌아간 뒤 뚜라는 옥상 한가운데 우두커니 서 있었다. 얽히고설킨 전신주 전선들이 바람에 흔들리며 윙윙 우는 소리를 냈다. 바람이 거세질수록 우는 소리는 더 커졌다. 뚜라는 그 소리를 들으며 성수역으로 갔다.

토요일 늦은 밤, 성수역은 한산했다. 뚜라가 플랫폼에 올라서자마자 성수행 막차가 들어왔다. 몇몇 사람들이 타고 내렸지만, 뚜라는 꼼짝하지 않고 서 있었다. 열차는 뚜라가 타지 않은 것을 아쉬워하듯 조심스럽게 문을 닫고 출발했다.

뚜라는 성수행 막차가 떠난 자리 건너편, 그 여학생이 있던 자리를 바라보았다. 여학생이 푸르스름한 종아리를 딱 붙이고 서 있던 그 자리.

그런데 그 자리에 한 남학생이 서 있었다. 남학생은 승객이 넘어서는 안 되는 노란 선을 넘어선 채 철로를 뚫어지게 바라보았다. 그러더니 등에 짊어지고 있던 가방을 땅바닥에 내려놓았다.

설마, 뚜라는 저도 모르게 소리가 터져 나왔다.

"안 돼!"

뚜라의 고함에 남학생은 흘낏 보는가 싶더니 허리를 숙여 가방 안에서 뭔가 꺼내 들었다.

그것은 흰 꽃이었다. 꽃잎 몇 장이 바람을 타고 사뿐히 바닥에 내려앉았다. 남학생은 손에 든 꽃을 한참 바라보다가 철로에 툭 던졌다.

뚜라는 꽃이 떨어진 자리가 어떤 곳인지 알고 있었다. 여학생의 작은 두 발이 걸쳐져 있던 자리. 흰 양말이 붉은 꽃처럼 피어나던 곳. 꽃이 그 자리에 닿는 순간, 뚜라의 가슴에 고여 있던 물이 힘없이 터져 버렸다. 한번 터져 나온 눈물은 쉬 그치지 않았다.

뚜라는 눈물 때문에 흐려진 눈으로 남학생을 바라보았다. 남학생은 머리가 땅에 닿도록 고개를 깊이 숙이고 있었다. 입이 벌어진 가방을 한 손으로 든 채로 다른 한 손으로는 눈가를 훔쳐내면서. 울고 있는 것이다. 써베를 잃은 뚜라가 울듯, 남학생도 울고 있다. 뚜라는 그 모습을 보자 눈물이 더 쏟아졌다. 뚜라는 꺼억꺼억 목울음 소리까지 내며 울었다. 뚜라의 울음소리에 남학생이 고개를 들어 건너편을 바라보았다.

마침, 안내 방송이 뚜라 울음소리를 삼켰다. 여자 목소리는 지치다 못해 늘어져 있었지만, 단호했다.

"지금 이 역의 마지막 열차가 들어오고 있습니다. 손님 여러분께서는 그만 뚝 그치고 한 걸음 물러나 주시기 바랍니다. 손님 여러분이 울거나 말거나 이 차는 오늘 잠시 쉬었다가 내일 또 달려야 합니다."

뚜라는 눈물을 닦고 비척비척 계단을 내려왔다. 가슴에 담긴 물을 다 퍼내서 몸에 물기라고는 한 방울도 남지 않아 풀썩 바닥에 주저앉을 것만 같았다. 뚜라는 계단 끝에서 발에 단단히 힘을 주고 서서는 심호흡을 했다. 뚜라 앞으로 어깨를 축 늘어뜨린 남학생이 지나갔다.

"학생!"

뚜라가 남학생을 불렀다. 남학생은 걸으면서 멈칫 뒤를 돌아보더니 뚜라 얼굴을 보고는 멈춰 섰다.

"네?"

눈자위가 붉은 남학생은 운 탓으로 새된 목소리를 냈다. 뚜라는 아무 말 없이 남학생이 들고 있는 가방을 가리켰다. 지퍼가 열려 속이 훤히 드러난 가방을.

"아……."

남학생은 짧게 한숨을 내쉬면서 가방 지퍼를 닫은 뒤 고개를 꾸벅 숙여 보이고는 등을 돌렸다. 뚜라는 개찰구를 빠져나가는 남학생을 향해 버마 말로 소리쳤다.

"우리 살아, 살자. 살아야 할 아이들을 죽이는 세상, 죽어도 위로받지 못하는 세상. 우리가 살자. 기억하고 살자. 이 지옥 같은 세상 살아 보자."

뚜라 목소리에 남학생이 우뚝 섰다. 남학생은 뒤를 돌아 뚜라를 바라보았다. 뚜라는 남학생에게 고개를 끄덕여 보였다. 남학생은 망설이다가 다시 꾸벅 인사를 하고 느릿느릿 성수역을 나갔다. 뚜라는 남학생이 나간 반대편 쪽으로 나와 섰다. 곧 성수역의 불이 모두 꺼졌다. 뚜라는 휴대폰을 꺼내 나갈리에게 전화를 걸었다.

"헬로!"

붉은 브래지어

한 아이가 올바르게 자라는 데 필요한 매질의 횟수는?

① 한 달에 한 번

② 보름에 한 번

③ 일주일에 한 번

④ 사흘에 한 번

⑤ 모른다

①번 부모는 자식이 하루에도 몇 번씩 매를 버는 걸 "애들이 다 그렇죠, 안 그러면 어른인 거죠." 묵인하면서 어른이 무조건 참아야 한다고 주장하는 인내형이다. 이 유형은

참다 참다 도저히 참을 수 없을 때 매를 드는데, 오래 묵힌 분노를 한꺼번에 분출해 매의 강도가 어마어마하다. ②번은 감정 조절이 잘되는 배려형 부모다. 평소에 참았던 것을 한꺼번에 터뜨리면 아이가 상처를 입을까 봐 세심하게 배려해서 보름에 한 번씩 절반쯤 혹은 3분의 1쯤 분노를 가슴 깊숙이 재워 놓고 매를 든다. 이 유형은 감춰 놓은 분노를 억누르려고 수시로 설교를 늘어놓는다. 이들의 설교를 아이들은 잔소리(개소리, 잡소리, 뻘소리…… 다양한 표현이 있다.)라고 하는데, 잔소리는 물리적인 매질보다 더 지독하게 뼛속 깊이 새겨지기도 한다. 일주일에 한 번씩 매질을 하는 꽤 부지런한 ③번 근면형 부모라고 잔소리를 안 하는 건 아니다.

잔소리가 적은 부모는 사흘에 한 번꼴로 매를 드는 ④번 열정형이다. 이 유형의 부모는 잔소리 대신 매질에 전념한다. 물리적인 행동은 반복되면서 규칙과 정형성을 갖춰, 마치 운동이나 춤처럼 행위자에게 기쁨과 더 나아가서는 카타르시스를 느끼게 한다. 그래서 간혹 매질하는 행위자들은 도색잡지를 보면서 달뜬 숫총각처럼 볼따구니가 발그대대하다. 피해자의 피해가 클수록 가해자의 자기만족은 더 커진다.

우리 아버지, 그러니까 꽤 부지런하고 참으로 열정적인

이 어르신은 ④번에 해당한다. 한 아이를 올바르게 밥값하고 살아가게 하려면 적어도 사흘에 한 번꼴로 매질해야 한다고 굳게 믿는 것이다. 그러지 않고서야 그저께 흠씬 두들겨 패고서 또 이렇게 매를 들 수 있을까. 나는 온몸으로 사정없이 가해 오는 날카로운 압력을 온 힘을 다해 버티었다.

아버지의 공격 무기는 늘 그렇듯이 주판이다. 주판으로 말하자면 나보다 일찍 세상에 태어나 우리 아버지가 운영하는 학원에서 한때 초등학생들의 수학 실력 증진을 위해 끼워 넣었던 주산 시간에 쓰인 것으로 20년이나 묵었다. 개 꼬리가 묵는다고 범 꼬리 되지 않듯이(이 말은 속담을 즐겨 쓰옵는 우리 아버지가 내 변변찮은 꼬락서니를 그냥 놔두면 미래가 어떨 것인지 예측할 때 주로 하는 말이다.) 주판은 20년 아니 2백 년을 묵어도 야구방망이나 골프채 같은 강력한 폭력 도구로 환생하지 않을 테니 겁낼 것 없다? 이건 주판의 위력을 모르고 하는 소리다. 아버지 손에 닳고 닳았지만, 새것처럼 멀쩡한 주판은 체벌 도구로 아주 훌륭하다. 나중에 내가 아버지보다 나을 게 없는 아버지가 되면 기꺼이 물려받아 내 자식이 나보다 나은 어른이 되도록 훈육할 때 쓰고 싶을 지경이다. 주판알 120개의 날카로운 모서리는 작은 송곳처럼 내 여린 피부에 파고들고, 참나

무를 깎아 만든 주판 틀은 가해지는 힘의 강도를 골고루 분배하면서 통증 부위를 넓힌다. 더욱이 주판은 그 형태가 신체 부위에 고스란히 남아 폭행을 당한 사람을 위로하려고 했던 친구조차 그쪽으로 호기심을 보이고 만다.

"뭐로 맞은 거냐?"

"주판."

"주판? 옛날에 우리 초등학교 때 속셈학원 애들이 들고 다니던 주판?"

"……."

"야, 너네 집에 아직도 그게 있어? 나 옛날에 안방에서 그거 타고 다니다 도자긴가 뭔가 깨서 죽도록 맞았는데……."

그래. 너는 뭐라도 깼으니까 맞지. 나는 왜 맞느냐고. 맞혀 봐. 평생 문제를 내고 맞히라고 강요하는 데 이골이 난 아버지는 질리지도 않는지 때리면서도 내내 소리쳤다. 네가 왜 맞는지 말해 봐. 정말 그저께는 늦게까지 게임을 하다 맞았다지만, 오늘은 매를 번 까닭을 몰랐다. 나는 끝내 답을 맞히지 못했다.

아버지는 자신의 지갑을 꺼내 내 눈앞에 던지면서 정말 모르겠느냐고 되물었지만, 나는 몰랐다. 아버지 지갑이 낡은 것이 제 탓입니까? 아버지가 지갑에 오만 원짜리 두둑하게 넣어 다니지 못하도록 학원이 안 되는 게 제 탓은 아니지 않습니까? 나는 아버지가 제시한 예시물을 보면서 온갖 경우의 수를 추측해 보았지만 도무지 답을 찾을 수 없었다. 정답을 못 맞혔을 때 아버지의 분노는 더 커진다. 고작 서른 명 다니는 보잘것없는 학원이라도 원장은 원장이고, 선생은 선생이고, 공부 못하는 아이들은 죄인이며 선생은 그들을 우등생의 길로 선도할 의무가 있다고 생각하는 아버지는 제 자식이 무식한 걸 가장 견디기 어려워한다. 힌트를 줬는데 답을 모른다면 용납 못 한다.

그런데 모르겠다. 나와 아버지 지갑은 아무런 인연이 없다. 한 달 치 버스카드 충전하고 햄버거 세트 하나 사 먹으면 오백 원밖에 남지 않는 쥐꼬리보다 짧은 내 용돈이 기어 나오는 곳은 아버지 지갑이 아니라 새어머니 지갑이고, 가끔 내 주머니에 들어 있는 귀한 만 원짜리 한두 장이 나오는 곳은 분명히 누나 지갑이다. 참고로 나는 지갑이 없다. 내가 아니라 지갑끼리 인연을 맺는다고 해도 불가능한 일이다.

나는 끝내 답을 맞히지 못했고, 아버지는 주판을 앞에 놓인 표적에 정확하게 날리면서 소리쳤다. (거봐라, 주판이 얼마나 훌륭한 도구인지. 야구방망이나 골프채였다면 주판처럼 가볍게 날릴 수 없었을 것이다. 아, 표적은 당연히 내 머리통이다.)

"나가. 너같이 근본부터 틀려먹은 놈은 이 집 지붕 아래
둘 수 없다. 내가 그동안 너를 어떻게 가르쳤는데……. 어
디다 손을 대! 나가!"

나는 정말 아버지 지갑에 손댄 적이 없다. 아버지뿐만
아니라 누구 지갑도 마찬가지다.

"정말?"

티셔츠 소맷부리로 머리에서 피를 찍어 내는 나를 물끄
러미 보고 있던 준수는 내 아버지처럼 내 말을 믿지 못했
다. 내 용돈의 다섯 배도 더 되는 용돈을 받는 준수는 가끔
용돈이 떨어지면 방심한 어머니의 핸드백이나 아버지가
방기한 지갑에 손댄 적이 있다고 고백했다. 그러고도 준수
의 머리통은 무사하다는 게 나는 몹시 억울했다. 나는 핏
물이 붉은 물방울무늬처럼 새겨진 소맷부리를 접었다.

"이제 어쩔 거냐?"

준수가 3분이 멀다 하고 휴대폰을 들여다보면서 물었
다. 준수는 내 얼굴에 새겨진 주판 자국을 구경하는 게 시
들해져 다른 재미있는 일을 찾아 움직이고 싶어 했다.

"기왕 이렇게 된 거 오늘 하루 들어가지 마라. 아버지가
나가라고 했다며. 어른 말씀 들어야지. 우리 피시방이나
가자."

"그랬다가는 살아남지 못할걸."

"그럼, 여기서 아버지께서 용서해 줄 때까지 석고대죄라도 하려고?"

준수는 환한 불빛을 내뿜는 우리 집 창문을 올려다봤다. 내가 아버지한테 등 떠밀려 현관문 밖으로 쫓겨 나올 때 새어머니는 밥상을 차리고 있었으니, 둘은 호젓하게 만찬을 즐기고 있을 것이다. 새어머니는 숟가락을 들기 전 최후의 만찬에서 은화 주머니를 들고 있던 유다가 어떻게 예수를 배반했는지 성경의 한 구절을 읊조렸을지 모른다. 그리고 이렇게 말했겠지. 하나님, 우리가 죄지은 자를 사하지 않더라도 우리의 죄를 사하여 주옵길 비나이다. 새어머니는 내 죄를 사하는 것을 하나님에게 떠맡기고 가벼운 마음으로 숟가락질할 것이다. 궁굽한 내 배에서 요란한 소리가 났다. 준수는 그 소리가 신호음인 양 휴대폰을 들어 다시 시간을 확인하고는 서둘러 피시방으로 뛰어가며 소리쳤다.

"애들 만나기로 했어. 먼저 갈 테니까 생각해 보고 와. 컵라면은 내가 쏜다."

생각해 보고 말 것도 없었다. 컵라면으로 허기를 때울 요량으로 피시방에 갔다가는 하느님이 뭐라든지 우리 아버지는 내 죄를 사하지 않을 것이다. 나는 담벼락에 기대 누나를 기다렸다. 우리 아버지 체벌 단계의 마지막은 죄

없는 누나와 죄에 비해 지나친 체벌을 당한 나를 나란히 앉혀 놓고, 궁색한 집안에서 태어나 십 원 한 푼 부모 덕을 보지 못해 곤궁히 어린 시절을 보내다 직접 학비를 벌어 대학을 마친 뒤 동생들 뒷바라지를 하며 제 손으로 집안을 일궜다 할 참에 세상 물정 모르는 여편네가 고생 싫다 이혼 서류를 내밀더니 서류에 찍은 도장 인주가 마르기도 전에 교통사고로 세상을 등져 자식 둘을 남자 손으로 키우게 되었다는 인생사를 구구절절, 구질구질하게 늘어놓고는 으레 이렇게 끝을 맺는 것이다. 그래도 너희 새엄마 덕분에 이만큼 살게 된 것이라고. '이만큼'이 어떤 측정량인지 나는 모른다. 우리 남매가 이렇게 자란 만큼? 스물세 평 아파트에서 서른세 평 연립으로 평수가 늘어난 만큼? 만약 그렇다면 '이만큼'의 치적은 온전히 새어머니 몫은 아니다. 7년 동안 새어머니가 우리 어깨 한 번 안아 주지 않았어도 우리 남매는 쑥쑥 자랐고, 새어머니가 보험 회사 다니느라 내팽개친 살림을 도맡아 한 건 누나다. 누나는 열두 살 때부터 손에 주부습진을 달고 살더니 대학에 들어가서도 식당에서 아르바이트하느라 손이 마를 날이 없다.

열두 시가 다 되어서 집 앞에 나타난 누나의 손은 방금 얼음물에서 건져 올린 것처럼 차가웠다.

"또 왜?"

"몰라."

"모르긴 뭘 몰라. 또 게임했니?"

"미쳤어! 나도 몰라. 아버지 지갑에서 돈이 없어졌다고."

내 어깨를 끌어안고 계단을 오르던 누나가 걸음을 멈췄다.
나는 옆으로 돌아서서 누나를 쳐다보며 애절하게 말했다.

"나, 아냐. 정말 아냐. 누나도 알지? 내가 얼마나 소심한
데. 그걸 어떻게 손대. 떨려서 꿈도 못 꾸지."

누나는 내 어깨에서 팔을 내리더니 우리 집 현관문을 뚫
어지게 쳐다보고는 소리 낮춰 말했다.

"알아."

"알지? 나 정말 억울해."

"그래, 알아."

누나가 고개를 끄덕이면서 내 손을 꼭 잡았다. 누나 손은
차가운데, 뜨거운 고구마를 씹지도 않고 꿀꺽 삼킨 것처럼
내 가슴은 뜨거워졌다. 누나가 내 결백을 믿어 주는 것으로
충분했다. 누나는 현관문 앞에 서자 열쇠 대신 지갑을 꺼내
만 원짜리 세 장을 내 점퍼 주머니에 집어넣었다.

"잘 넣어 둬. 오늘 알바비 받았어. 친구들하고 뭐 사 먹
어."

"누나도 돈 없잖아. 요새 학원 안 돼서 등록금도 안 나올
지 몰라……."

"걱정하지 마. 내가 알아서 할 테니까."

누나는 열두 살 때부터 뭐든 알아서 했다. 내 일마저도 다 알아서 해 줬다. 숙제 챙겨 주고, 소풍 때 도시락 싸고, 하다못해 내 첫 몽정의 흔적이 남은 속옷을 빨아 준 것도 누나다. 누나는 죽은 엄마와 무심한 새어머니가 비워 놓은 자리를 대신 메워 줬다. 고모들이나 삼촌은 누나를 볼 때마다 그 노고를 치하했다.

추석 다음 날 남편을 대동하고 꾸역꾸역 우리 집으로 모여든 두 고모는 7년 동안 닳고 닳은 레퍼토리를 재현했다. 고모들의 무대는 지갑 도둑으로 억울한 누명을 쓴 조카가 금고형을 치르고 있는 방이었다. 두 고모는 누나를 방으로 불러들여 손을 꼭 잡고 말했다.

"인주야, 네가 고생이 많지? 동생까지 돌보느라고 애쓴다. 요즘 늬 새엄마는 좀 나아졌니?"

그들이 7년 동안 똑같은 대사를 반복하며 새로운 대사를 만들어 내지 않는 건, 우리 누나의 고생이 끝나지 않았고 우리 새어머니도 변하지 않은 덕분이다. 그들은 우리 남매가 놓인 처지를 모르는 체하다 명절에 나타나서는 너희를 걱정하느라 하루도 편할 날이 없었다는 얼굴로 눈물까지 글썽인다. 그들이 한숨을 내쉬고 혀를 끌끌 찰 때마다 누나는 괜찮다면서 방실방실 웃었다. 누나는 두 고모

앞에 사과 접시를 조심스럽게 내려놓으며 말했다.

"괜찮아요. 우리 인혁이도 다 컸잖아요."

"그러게. 인혁이 얘는 인주 네가 다 키웠지."

누나 손을 꼭 잡은 큰고모가 방문 쪽을 힐끔거리면서 목소리를 낮췄다.

"언니는 뭐가 무서워서 눈치를 봐? 애들 고생한 거야 우리 집안에 모르는 사람 있어? 저 올케가 애들한테 좀 모질게 했어? 집안일은 인주가 다 하고, 제 성에 안 차면 한겨울에도 애들을 대문 앞에 세워 두고. 내가 어느 겨울인가 와서 인주 손이 튼 걸 보고는 하도 기가 막혀서 말문이 다 막히더라고. 요즘 세상에 계모 노릇 하는 게 말이 돼? 얘가 콩쥐야 뭐야. 아무튼, 오빠만 아니면 내가 한번 뒤집어엎어도 벌써 엎었어야 하는데……."

막내 고모는 당장에라도 거실로 달려 나가 아버지와 고모부들이 둘러앉아 있는 술상을 뒤집어엎고 술상 옆에서 어설프게 과일을 깎는 새어머니를 향해 "어미 노릇 한 번 제대로 않고 사과는 무슨, 아이들한테 사과나 해요!"라고 면박을 주기라도 할 듯 한껏 벌어진 콧구멍으로 뜨거운 김을 뿜어 댔다. 그렇지만 벌컥 방문이 열리고 새어머니가 머리를 들이밀자 막내 고모는 콧구멍이 급격하게 오그라들어 숨이 막혔는지 한숨을 크게 내쉬고 입을 다물어 버렸다.

"작은 방에서 답답하게 뭐 하세요? 어서 나오세요. 고모부들이 고스톱 한판 치자고 하시네요."

새어머니는 방 안의 수상쩍은 공기를 눈치챘는지 방문을 활짝 열어젖히고는 누나를 부엌으로 내몰았다. 큰고모는 새어머니가 더 닦달하기 전에 벌써 방문을 나섰고, 막내고모는 새어머니 뒤꽁무니를 따르며 괜히 목청을 높였다.

"우리 오라버니는 화투장이 몇 장인지도 모르는 사람인데 무슨 고스톱이야. 우리 갈 차비 보태 주시려고? 인주야, 인혁아 너희는 이리 와서 개평이나 벌어라."

전복을 꿈꿨던 막내 고모는 겨우 노름판에서 떨어지는 떡고물로 쉽게 세상과 타협했다. 그렇지만, 개평이나 얻어내는 소극적인 방법으로 세상과 타협하는 걸 거부하는 사람도 있는 법이다. 아버지는 그게 나라고 여겼다. 고모들이 다녀간 다음 날 밤, 아버지는 내 방에 들어와 방문을 잠그고 나를 방바닥에 꿇어앉혔다.

"좋게 말했는데, 너 또 왜 그랬어?"

아버지 목소리에는 차가운 공기가 실려 있었고, 오른손에는 주판이 들려 있었다. 나는 마른침을 삼키면서 안 돌아가는 뇌에 기름칠을 해 보려 했지만 소용없었다. 내가 또 뭘 잘못했는지, 아버지가 든 올가미가 뭔지 짐작도 안 되었다.

"너 말고 그럴 사람이 우리 집안에 없다. 말해."

"……."

"말해라."

뭘요? 나는 무심코 기어 나오려는 말을 다시 마른침과 함께 삼키고 고개를 들어 아버지를 쳐다봤다. 아버지와 눈이 마주쳤다 싶은 순간 눈빛보다 빠르게 나한테 먼저 닿은 건 주판이었다. 주판이 내 머리통에서 등짝으로 어깻죽지로 내리꽂히는 동안 나는 아버지 눈에서 SF 영화에 나오는 외계인이나 쏘아 댈 것 같은 섬광을 보았다. 처음 있는 일이었다. 아버지는 숱한 구타를 행하셨지만, 눈으로 레이저를 쏘진 않으셨다. 곧 아버지는 바람을 다스리고, 비를 내리고, 땅을 가르는 경지에 오르시려나. 안타깝게도 나는 그 전에 짧은 생애를 마쳐, 복된 순간을 맞이하지는 못할 것 같았다. 아버지는 죽자고 때렸고, 정말 나는 죽을 지경이었다. 그런데도 성이 차지 않은 아버지는 몸을 반쯤 일으켜 세워 주판을 더 힘차게 휘둘렀는데, 얼마 지나지 않아 아버지 힘을 못 이긴 주판이 부러지면서 주판알이 내 머리 위로 와르르 쏟아졌다. 세상의 수리를 주판알로 깨우쳐 보이리라 다부지게 다짐하며 태어났을 주판은 허무하게도 수리에 어두운 내 머리통을 갈기다가 생애를 마치고 만 것이다. 아버지는 부서진 주판을 내동댕이쳤다. 아버지의 거친 숨소리가 방 안을 메웠다. 이제 매질은 끝인가? 아니다. 아버지는 발로 내 등을 걷어찼다.

"네놈이, 네놈이 어떻게 나한테 이래. 제 아비 지갑으로 모자라 고모들 지갑에까지 손을 대? 집안 망신을 시켜도 유분수지. 뼛골 빠지게 일해서 밥 먹여 키운 게 도둑놈 새끼라니. 이 나쁜 새끼야, 뭐라고 말을 해 봐. 입이 있으면 말을 해 봐. 이 천하에 나쁜 놈. 그러고도 네가 내 아들이냐? 응?"

아! 지갑. 나는 아버지의 고함을 들으면서 살아남기만 한다면 평생 지갑을 가까이하지 않겠다고 결심했다. 내가 중대한 결심을 하는 사이 아버지의 발과 주먹이 사정없이 내 몸으로 날아왔다. 만약 누나가 잠긴 방문을 따고 튀어 들어오지 않았다면, 나도 두 동강 난 주판 꼴이 되었을지 모른다.

누나는 아버지 손아귀에서 나를 구출해 자기 방으로 데려갔다. 언제부터인가 누나 방에서는 좋은 냄새가 났다. 포장지를 막 벗겨 낸 새 비누 냄새 같기도 하고, 빨랫줄에서 막 걷은 옷에서 나는 섬유 유연제 냄새 같기도 하고. 누나 방의 좋은 냄새는 누나의 몸에까지 스며든 것 같았다. 아니 어쩌면 누나 몸에서 풍겨 나온 냄새가 방 안에 고여 있는 것인지도 모른다. 나는 냄새에 취해(누나는 내가 너무 맞아 기진해 있는 거로 생각했겠지만 아니다.) 미끄러 지듯 장롱에 등을 기대고 앉았다. 몸을 움직일 때마다 옆구리가 뻐근하게 쑤셨다. 누나는 내 엉덩이 뒤편으로 베개를 쑥 들이밀었다.

"편하게 기대. 아프지? 왜 맞고만 있어. 도망치기라도 하지."

"말할 틈도 없었는데 뭐."

"그래도 그렇게 맞고만 있냐. 바보같이."

"잘못한 것도 없는데 왜 피해. 내가 그런 거 아냐. 고모들 지갑 본 적도 없어. 정말 나 억울해."

"알아."

"누나는 알지?"

"알아. 우리는 죄 없어."

뭔가 씹어 먹듯이 말을 내뱉는 누나의 눈매가 치켜 올라갔다. 아버지 말대로 나는 착하디착한 누나를 아프게 하는 것 같아 코끝이 시렸다. 누나는 내 머리를 쓰다듬고는 씻고 온다면서 장롱 서랍을 열어 옷을 꺼냈다. 힐끗 쳐다본 서랍에는 티셔츠가 가지런히 돌돌 말려 있었고, 한쪽에는 빵집 진열장에 놓인 도넛처럼 알록달록한 속옷이 켜켜이 쌓여 있었다. 빨래를 걸 때는 한 번도 본 적 없는 빛깔이었다. 누나가 서랍을 닫고 방에서 나간 뒤 나는 살그머니 서랍을 열어 훔쳐봤다. (훔친 게 아니라 훔쳐본 것뿐이다.)
서랍 안은 잘 정돈된 도시 같았다. 티셔츠를 개어 놓은 곳
이 재개발을 앞둔 허름한 동네라면 속옷이 가지런히 놓여
있는 곳은 네온사인이 번쩍이는 번화가였다. 나는 망사로
된 붉은색 브래지어를 물끄러미 보다가 얼른 서랍을 닫아
버렸다. 브래지어의 붉은빛이 너무 강렬해 내 얼굴에도 옮
겨붙을 것 같았다.

꺼지지 않는 아버지의 분노를 진화하고 나선 건 붉은 속
옷을 입는(물론 그건 알 수 없는 일이다.) 누나였다. 누나
는 증거 불충분과 내 소심한 소양을 들어 나를 변론했고,
아버지는 마지못해 수용했다.

"김인혁, 마지막으로 믿어 본다. 앞으로는 절대 용서 안
해! 사람은 진실하고 선해야 한다. 이 아버지는 이때껏 없
이 살아도 한 점 부끄럼 없이 살았다. 내가 중학교 때 수학
여행비가……."

아버지가 자신의 청렴하고 강직했던 인생(아버지 인생
은 사안마다 각색되는 네버엔딩 스토리다!)을 들려주는
것으로 사건을 매듭지으며 물러난 데에는 막내 고모의 입
김도 작용했다. 지갑이 헐렁해진 사실을 알자마자 곧바로
고발 조치 발본색원하기를 바랐던 막내 고모가 "인혁이 짓
은 아닐 거라"며 사건을 없던 일로 덮었다. 뒤늦게 말이다.

그렇다고 해서 사라진 돈이 다시 생기지 않았을 테고, 지 갑에 돈이 빈 만큼 고모들의 의심이 채워져 있었다는 걸 나 중에 알았다.

중국서 사업하는 삼촌이 한국에 잠시 들어와 가족이 식 당에 모두 모인 날, 막내 고모는 드러내 놓고 지갑 단속을 했다. 식당에서 밥을 먹고 나와 화장실에 가려던 막내 고 모는 핸드백을 옆에 서 있는 누나에게 맡기려다 나를 힐끔 쳐다보고는 립스틱을 다시 칠하겠다면서 어색하게 도로 자기 팔뚝에 걸었다. 우리 집에 와서도 막내 고모는 고모 부들과 삼촌이 벗어 놓은 윗옷을 얼른 자신이 챙겨 소파 팔 걸이에 걸쳐 놓고는 그 옆에 앉았다. 손버릇 나쁜 투명인 간이 있다고 해도 절대로 지갑에 손대지 못하도록 말이다. 막내 고모는 커피를 마시면서 떠들다가도 가끔 옷에 눈길 을 줬다. 지갑의 안위를 확인하듯이. 나는 분명히 손버릇 이라는 게 없는 결백한 사람이지만 막내 고모와 눈이 마주 칠 때마다 가슴이 두근거렸다. 만약 "너지?" 하며 손가락 으로 가리키면 납작 엎드려 "맞습니다, 제가 죄인일지도 모릅니다."라고 할 것만 같았다. 그리고 문득 무의식중에 내가 손을 더럽혔을지도 모른다는 생각마저 들었다.

나는 잔뜩 긴장해 있었다. 교실에서 도난 사고가 생겼을 때 눈 감고 범인이 자발적으로 손들기를 간절히 기다리다

보면 자신도 모르게 손을 번쩍 들게 될까 봐 온몸에 힘을 주고 앉아 있는 것처럼. 따지고 보면 엄마가 죽은 뒤 "걱정 마라, 고모들이 네 엄마 노릇을 할 테니." 장담했던 고모들 지갑에서 지폐 한두 장쯤 슬쩍하는 건 죄가 아닐 수도 있다. 준수 말대로.

"야, 가족끼리 그게 뭐 죄야. 그러면서 크는 거지. 너희 고모들이 보육비에 보탰다고 치면 되잖아."

전화기로 들려오는 준수의 목소리는 시큰둥했다. 사내 자식이 대수롭지 않은 일로 호들갑 떤다고 코웃음까지 쳤다. 상습범다운 여유였다. 준수는 꼬리가 밟혀도 용돈을 넉넉히 올려 주면 이런 일이 없지 않겠느냐고 도리어 큰소리칠 놈이다.

"내가 한 게 아니라니까."

"그래. 그렇다 치고 나와라. 감옥 같은 데서 찌그러져 있지 말고 나와. 애들하고 당구 치러 가기로 했어."

"못 나가."

"잠깐 뭐 사러 나간다고 해."

나는 준수 말대로 할까 싶었다. 거실에서는 술판이 벌어졌고, 삼촌의 중국 체류기는 밤새도록 이어질 것 같았다. 하지만 자리를 비웠다가 또 어떤 봉변을 당할지 몰라 겁났다. 나는 준수한테 등신이라는 욕을 먹고는 이불을 뒤집어

쓰며 누웠다. 그러다 잠이 들었다. 고모들이 소곤대는 소리만 듣지 않았어도 아침까지 쭉 잤을지 모른다.

"아니, 한 서방이 그래? 인주가 그랬다고?"

큰고모가 누나 이름을 대는 순간 나는 퍼뜩 잠에서 깨어났다. 잠은 저만치 달아나 버렸는데, 기척을 할 수 없었다. 실눈을 뜨자 침대 아래로 고모들의 널따란 등이 떡 버티고 있었다. 막내 고모는 얼굴을 큰고모 코앞까지 갖다 대고 속삭였다.

"그래. 왜 그날 한 서방이 명현이 결혼식 날 명현이 삼촌이랑 축의금 받았잖아. 그런데 축의금 받는 데서 인주가 계속 붙어 있더라는 거야. 자기가 도와주겠다고 그러더래."

"뭐 돕고 싶었나 보지."

"아니. 도울 게 뭐 있어. 한 서방이 식장에나 들어가라고 해도 사뭇 옆에 서 있더라는 거야. 그때부터 좀 의심스러웠대."

나는 손가락 하나 까딱하지 못하고 미라처럼 누운 채로 막내 고모가 말한 그날을 떠올렸다. 지난봄에 학교 다니는 내내 일등을 놓치지 않았다는 큰고모 아들 명현이 형은 그에 버금가는 우수한 성적의 재원을 신부로 맞이했다. 나는 그날 주례를 보던 머리가 훌렁 벗어진 교수가 신랑과 신부의 화려한 학벌을 줄줄이 낭독한 것을 또렷하게 기억했다. 우수한 두뇌로 국내 유수의 대기업 연구실에 입사한 장래가 촉망되는 인재와 미모와 실력을 겸비한 재원의 환상적인 결합! 나는 주례의 말에 웃음이 터져 아버지에게 핀잔을 들었다. 그것뿐이다. 내가 기억하는 건. 그런데 막내 고모는 많은 걸 기억하고 있었다.

"왜 그날 언니가 그랬잖아. 인주가 꽤 사치를 부린다고. 아르바이트해서 다 제 옷 사 입나 보다고."

"응, 그래. 그랬지."

"그런데 요새 아르바이트해서 얼마나 벌겠어."

막내 고모는 목소리를 더 낮춰 말을 이었다.

"한 서방이 말을 안 해서 그렇지 그동안 여기만 왔다 가면 지갑에 돈이 비었다고 하더라고. 추석 때 언니하고 내 지갑에서 돈이 없어졌다고 하니까 한 서방이 그제야 얘기를 하지 뭐야. 이건 불쌍하다고 그냥 지나갈 일이 아니잖아."

"어머나. 어쩜."

큰고모의 깜짝 놀라는 소리와 동시에 내 입에서도 비명이 터져 나오려는 걸 꿀꺽 삼켰다. 커다란 바위를 내 가슴에 툭 던져 놓은 것처럼 심장이 뻐근해져 숨을 제대로 쉴수 없었다. 큰고모부가 고모들을 불러내지 않았다면 나는 사망했을지 모른다. 호흡곤란으로.

고모들이 나가자마자 참았던 숨을 몰아쉰 나는 천장을 보고 똑바로 누워, 비가 새서 푸른 얼룩이 남은 천장을 뚫어지게 쳐다보았다. 장마 때마다 조금씩 진지를 넓혀 간 곰팡이는 벽을 타고 올라와 천장 한구석을 점령했다. 새어머니는 벽지를 새로 발라 봤자 소용없다고 했다. 새 벽지를 덮어도 곰팡이는 다시 배어 나올 테니까. 한번 생긴 얼룩은 덮어씌워도 갈아 끼워도 깨끗하게 지울 수가 없다.

나는 열두 시쯤 무거운 몸을 일으켜 세워 거실로 나왔다. 웃으며 시끌벅적했던 술판은 무르익어 울음으로 만개하고 있었다. 술판의 시작은 달라도 끝은 늘 똑같았다. 큰 고모는 예단 하나 변변하게 못 챙겨 왔다고 구박하는 시어머니의 말 한 마디 한 마디를 되새김질하면서 눈물을 찍어 냈고, 막내 고모는 오빠 힘 덜어 주려고 전문대밖에 못 나온 게 두고두고 한이라며 술잔을 들었고, 삼촌은 어려서 부모를 여의고 뼛속까지 외로움이 차 있었다면서 자기 가슴을 쳤다. 김씨 집안의 클라이맥스는 언제나 아버지가 장식했다. 묵묵히 듣고만 있던 아버지가 눈시울을 붉히면서 동생들 가르치려고 맨주먹으로 해낸 온갖 허드렛일을 일일이 나열할 때면 두 고모부와 새어머니가 바통을 받으면서 김씨 집안뿐만 아니라 대한민국의 모든 집안 자식들의 고난사가 이어졌다.

부엌에서 빈 안주 접시를 채울 음식을 만들던 누나는 나를 보고 한쪽 눈을 찡긋거리면서 들어가 자라고 했다. 나는 고개를 끄덕이고는 화장실에 들어갔다가 나와서 소파에 앉아 고난사에 열중하는 어른들의 얘기에 귀 기울였다. 기껏해야 십여 분이었지만 내 인생에서 가장 긴 시간이었다. 불쌍하게 자라서 여태껏 부귀영화를 누리지 못하는 것을 한탄하는 어른들의 사연 많은 지갑을 내 티셔츠 밑에 집어넣는 일은 쉽지 않았다.

누나가 방에 들어간 사이 살그머니 집에서 빠져나왔을 때 내 점퍼 주머니에는 세 개의 지갑이 들어 있었다. 불쌍한 어른들의 지갑은 꽤 불룩했다. 나는 주머니에 든 지갑을 단단히 손으로 거머쥔 채 서둘러 계단을 내려왔다. 골목을 장악한 어둠 속에서 훤히 불을 밝히고 있는 우리 집을 올려다보니 베란다 빨랫줄에 널려 있는 흰 속옷들이 선명하게 보였다. 나는 지갑을 더 단단히 쥐고 골목을 내달리기 시작했다.

나는 어릴 적 한 여자아이를 떠올렸다. 싸구려 머리띠를 한 비쩍 마른 여자아이는 마트 속옷 매장을 지날 때 쭈뼛거리면서 말했다.

"저기요, 저 속옷 사야 하는데요."

"뭐?"

"저기, 그게……."

여자아이는 끝내 말하지 못했고, 앞장서 걷던 부부는 속옷 매장을 지나쳤다. 부부의 뒤꽁무니를 선뜻 따르지 못한 여자아이가 금방이라도 울 것 같은 얼굴로 쳐다보던 건 작고 흰 브래지어였다.

좁고 옹색하고 오래된 골목길을 좋아한다. 담벼락에 지
붕 처마가 닿아 있고, 허술한 대문 앞에는 빨간 고무 다라
이에 심은 꽃나무가 도드라지게 꽃을 피우고, 문패에는 흔
한 이름이 새겨져 있는 집이 복닥복닥 모여 있는 골목길을
기웃거리는 게, 나는 글쓰기라고 생각했다. 그러니 나는
구경꾼이라고, 그래서 글을 쓰는 건 이 세상을 살아가는
사람들에게 빚을 지는 거라고.

4년 전, 시사 잡지에서 반도체 회사에 다니다 백혈병에
걸린 여자의 사진을 봤다. 희미하게 웃는 민머리 여자의
나이는 고작 스물두 살. 고등학교 3학년 봄에 수학여행도
못 가고 회사에 들어갔다는 자그마한 여자를 보면서 가슴

이 철렁 내려앉았다.

꽤 오래전 반도체 장비 회사 홍보 일을 한 나는 이런 말을 써 댔다. 반도체 산업은 친환경적인 청정산업이라고 말이다. 내가 그 말을 떠들어 대던 때 온종일 반도체 칩을 들여다본 이는 뇌종양에 걸렸다. 그녀를 만나고 나오던 날, 나는 내가 썼던 어처구니없는 홍보 문구들을 떠올렸다. 그녀는 몇 달 뒤 세상을 떠났다. 두 아이를 남겨 두고.

나는 구경꾼이 아니었다. 나는 이 세상 어느 골목길에 깊숙이 발을 딛고 서 있었다. 내 발 아래만 보고 어뜩비뜩 걷느라 내가 무엇인지 몰랐다. 나는 이 세상의 일부였다. 작년 4월, 단 한 명의 아이도 구하지 못한 이 끔찍한 세상을 만든 어른 중 하나였다. 이런 어른이 되었다는 게 부끄럽고, 그런 어른이 글을 묶어 낸다는 건 더 부끄러운 봄이다. 내가 할 수 있는 말이 뭐가 있을까. 이토록 무기력한 어른이 되지 말라는 것뿐.

여기에 실린 글을 쓰는 동안 아이는 컸고, 26년을 함께한 후배는 너무 멀리 떠나 버렸다. 이들이 함께 걸어 줬기에 때때로 빛을 볼 수 있었다. 감사한 마음을 이제야 전한다.

2015년 4월
김해원

추락하는 것은 복근이 없다

2017년 7월 3일 1판 1쇄

지은이	김해원
편집	김태희, 장슬기, 나고은, 김아름
디자인기획	PaTI(파주타이포그라피학교)
	아트디렉션 오진경, 디자인 이예성, 그림 이주은
제작	박흥기
마케팅	이병규, 양현범, 박은희
인쇄	천일문화사
제책	J&D바이텍

펴낸이	강맑실
펴낸곳	(주)사계절출판사
등록	제406-2003-034호
주소	(10881) 경기도 파주시 회동길 252
전화	031)955-8588, 8558
전송	마케팅부 031)955-8595 편집부 031)955-8596
홈페이지	www.sakyejul.co.kr
전자우편	skj@sakyejul.co.kr
페이스북	facebook.com/sakyejul
인스타그램	www.instagram.com/yoloyolo_book

ⓒ 김해원

ISBN 979-11-6094-057-2 04810
ISBN 979-11-6094-050-3 (세트)

이 도서의 국립중앙도서관 출판시도서목록(CIP)은 서지정보유통지원시스템 홈페이지
(http://www.nl.go.kr/cip.php)와 국가자료공동목록시스템(http://www.nl.go.kr/kolisnet)에서
이용하실 수 있습니다.(CIP제어번호: CIP2017013576)